改变，从阅读开始

韩松精选集 Ⅴ

我一次次活着是为了什么

江苏凤凰文艺出版社
JIANGSU PHOENIX LITERATURE AND ART PUBLISHING, LTD

总序：怀着感激地活着并写作

今年是我写作科幻小说三十六年。感谢汉唐阳光、未来事务管理局与江苏凤凰文艺出版社的编辑和工作人员，他们以极大的热情和友情，为我出版这个精选集。它包含长篇小说《红色海洋》及《火星照耀美国》，这两部是再版，因为之前的已经卖完了，有读者希望重印；中短篇小说集《苦难》和《冷战与信使》，前者是新作，大多还没有正式发表过，后者包含了我获中国科幻银河奖、全球华语科幻星云奖、世界华人科幻文艺奖、星空奖、引力奖等的作品；随笔杂文集《我一次次活着是为了什么》和诗选《假漂亮和苍蝇拍手》，这两部是新尝试，收录了一些“另类”之作。

这是我第一次出版“文集”，六个封面都是布兔画的，非常精彩，她也是我的作品《地铁》、《高铁》、《火星照耀美国》首版的封面画师。布兔敏感、细腻而神秘，她好像长有另一双眼睛，能见到凡人见不到的世界，她笔下展现出来的艺术魅力，已远远超越科幻。我对她满怀钦佩和感激。

我初中写科幻到现在，一直没有中断。我见证了中国科幻在改革开放后的高潮、跌落与复兴，它是这个国家现代化的晴雨表，也是大国崛起雄心的表达，乃至苦难风暴过后的彩虹映射。大概因为如此，科幻才在今天成了一种火热的社会和文化现象，被许多人讨论。不少人还正在把科幻小说改编拍成电影，以创造一个史无前例的新局面，这里面，就包括我的《红色海洋》、《火星照耀美国》和《冷战与信使》。又一次，中国科幻似乎进入了一个繁华喧腾的时期。我生逢其时，内心弥布纠结的感激。

今年是世界科幻诞生两百周年。这我也赶上了。今年初，我赴瑞士，感谢施建国先生和聂晓阳先生的帮助，我得以来到日内瓦湖畔，谒访了一八一八年玛丽·雪莱女士写作《弗兰肯斯坦》时住过的旧居。湖光山色，宇宙在上，我所看到的万物已存在了一百三十七亿年，人类在这颗星球上也出现了五百万年，我凑巧出生在这段可以用科幻来表达对世界的感触的片刻时光中，参与人类对宇宙的终极思考，怎能不心存感激呢？这似乎专属于西方的科幻，在一百多年前进入中国，如今，中国科幻又反向输入西方。像这部精选集里的一些作品，也被译成外文在国外发表出版。我对译者们致以衷心的谢意，他们证明了科幻是一种世界语言。

也有人担心，科幻在中国的进程，会不会像历史上反复发生的那样，再一次被打断。对此我不能确定，正如难以回答人类未来的命运将会怎样一般。许许多多的科幻已经描述了人类结局的种种可能，有的悲观，有的乐观。不管今后会是怎样，我都要对我现在作为人的活着而拱手称谢，因为我或许本来可能成为一头猪、一只羊的，那样我哪怕对世界有所体悟，也无法用文字表达出来。

这些年里，常常有人问我为什么要写作科幻，怎么坚持下来的，如何跟本职工作协调的。我有时说是因为兴趣和爱好，有时说是由于家人、朋友、同事和领导的鼓励支持，有时说是作为现代人需要有丰富的想象力并关注科技对人性的改变，有时说是我们不应该停留在过去而应该面向未来，有时说是因为要让自己拥有一个跟别人不一样的世界。最近我则是这样觉得的：每个人都有责任，把自己在这个片断宇宙中的经历，尽可能记录下来，留给另一个宇宙中的我看。因此，我要代表那个未知的我，对此刻的我，道一声谢谢。

韩　松

二〇一八年九月二十七日

目录

一生应该去一次南极

时间旅行之道

拯救黑夜

奇观时代

一生应该去一次南极

未来水世界：惜别三峡

长江三峡将在十一月迎来它生命史上的最重要时刻。随着三峡大坝二次截流的到来，这条存在了亿万年的峡谷将首次被拦腰截断。而不久之后，一代伟人“高峡出平湖”的设计也将成为现实。

三峡之旅因此成为一种奢求。然而，十月下旬的长江，却整个笼罩在了从北方袭来的寒流之中。阴雨和迷雾因此成了峡江的主题。

一、熟悉的城市不再熟悉

从重庆出发，顺江而下，两岸一座座从孩提时代便已熟悉的城市，不再熟悉。

依山而建的涪陵城穿上了一条灰白而冷峻的水泥大“围腰”，那是为防护而兴建的绵绵大堤，从此，隔开了人类与江水的千古联系。几个小时后，撞入眼帘的丰都鬼城呈现出了拆迁后的荒废。

经过忠县时天已黑，没有看到就要成为孤岛的石宝寨，以及即将永沉水底的三峡库区最重要遗址、曾被评为全国十大考古发现之一的中坝遗址。

抵达万州已是半夜，在没有表情的探照灯光下，骨架支离、人去楼空的房屋如潜影一般隐约浮动。不久前，六十五岁的村民董生芬就在这里含泪亲手砍掉了四十年前她与丈夫种下的定情树，因为它在蓄水后将成为影响通航的障碍物。

次日清晨经过的千年诗城奉节城——刘备和杜甫曾在这里居住——也是一片苍凉。巨大的清库工地和文物挖掘现场却彻夜灯火通明。这座千年古城将在八秒内消失。我中学时曾因上岸流连忘返，而在这里差点误船。

在巫山城一片片古旧民居的上方，触目惊心地伫立着淹没水线“一七五”的白色标牌。而哪怕是在“一七六”线上的居民，因为整座城市功能的废弃，也将搬迁。上世纪七十年代我曾在这座县城过夜，吃到了六分钱一个的鸡蛋。

江渝十四号轮继续默然航下，秭归出现在长江北岸。屈原和昭君的故里已是一片炭火焚烧过的黑色废墟。不久前，村民们自觉行动起来，亲手焚掉一百三十五米淹没线下的所有植物和人类遗迹。我们只能在古诗中去寻找逝去的感觉：“石壁千重树万重，白云斜掩碧芙蓉。昭君溪上年年月，独照婵娟色最浓。”

明年六月蓄水后，自大坝以西四百公里，重庆和湖北的数十座城镇将消失在水面以下。桃花、橘树、古城墙、石板房、卵石路、青砖绿瓦、碑刻和陶罐都将成为未来水世界的一部分。

忙碌的不仅仅是考古工作者，据重庆市环保局副局长张勇讲：“有电影厂正与有关部门联系，准备在三峡库区拍摄唐山大地震的片子。”

但是，废墟之外，另一种亘古未有的崭新景观却撼人心魄地呈现出来：两岸高山上，耸立起大片的移民新居，一色的水泥楼房，一律刷成白色，在绿色的草木和褐色的泥土间分外醒目。而一出三峡，进入长江中游，从宜昌到沙市，从城陵矶到武汉，无不是一座座与十年前相比更加灿烂辉煌的明珠般城市。

二、不闻猿啼但闻手机声

三峡的猿声，不知从何时便消失了。但三峡的重大变化，还是始于葛洲坝。

在三峡长大的散文作家杜鸿说：“倘若不修葛洲坝的话，那么由平善坝、石牌、莲沱、乐天溪、三斗坪、茅坪、太平溪、青滩、香溪这些古色古香的老镇所构成的峡江小镇的民居风景线，可能在全世界都是无与伦比的。”

杜鸿说，葛洲坝是第一把刺向三峡文化的锋利长刀。

但是，对于受着洪水威胁的中下游数千万人来说，葛洲坝乃至三峡大坝，却是他们巨大的心理和现实屏护。

三峡大坝的首要目标是防洪。它可使荆江河段防洪标准由现在的约十年一遇提高到一百年一遇。荆江干堤溃决的毁灭性灾害将不再发生。

任何决定都是一种难以两全其美的选择，人定胜天和天人合一总是在艰难走着平衡的钢丝。其实，改观的不仅仅是三峡，在长江上，早就有了由荆江大堤所“摧毁”的美丽江汉平原风光。而宜昌这样的现代化城市的崛起，早使夷陵之战的旧迹仅存于诗人的幻想和史家的虚构之中了。

我们只能接受三峡变化的现实。我记得，葛洲坝筑起前，南津关在激流险滩中曾是如何的狭促崔嵬，旋涡大如澡盆，浪头可以一直打到三层甲板。而现在，以险闻名的西陵峡已是一片波澜不惊、宽如广场的平湖。

令我着迷的古迹孔明碑已永沉水下。一千七百年历史的张飞庙已然不见。它已被拆除，然后搬迁重建。之前我每次经过时都要久久注目的“江上风清”四个大字，杳然无踪。

现代文明更加深入地侵入了三峡。沿用多年的信号台将被拆除，而峡江中，随处都能接收到中国移动的信号。曾几何时岩礁密布的水面上，高速水翼艇尖声鸣叫，暴怒地撕裂长江的肌肤。以前，峡谷中常有苍鹰翱翔，这次，却没有见到。

轮船上，山西雁北师范学院美术系两个年级的学生在对着峡江写生，试图永远把三峡留在纸上。带队的李老师却说：“哪里是郦道元的三峡？他说‘重岩叠嶂，遮天蔽日，若非亭午夜分，不见曦月’。哪里是这样的？”

技术成了主宰三峡的主角，而人退居次席。即便在美术教师的脑海里，三峡也已成了缺乏人文感悟和想象力的实在。“峰与天关接，舟从地窟行”，在远古，既是一种夸张，更是一种现实。它诉说的是一叶小舟、险滩激流、孤身一人和远离朝廷的心境。

如今，曾经渔火点点的江面上，航行着大型钢铁旅游船舶，船名是：“维多利亚”号、“仙妮”号、“总统”号……洋人不断招手、呼喊。刹那间，恍若置身密西西比河。

明年六月以后，长江三峡还会存在，但将是另一种气质。雄奇险峻将让位于安详宁静。然而，一种“后现代的美”还将掀起新一轮三峡旅游热。

三、截断巫山云雨

据说，最壮观的景致将让位于三峡大坝。甚至就在二次截流前夕，走上甲板观望大坝并照相的乘客，也已超过赏看山水者的人数。

北岸崛起了长长大坝，而靠近南岸处仍是导流明渠。这是一条长三点七公里、宽三百五十米的人工河，人们用了五年时间，于一九九七年的第一次截流前夕挖通。明渠迫使长江改道而行，既保护了大坝浇筑，同时保证了长江通航。

二次截流要截掉的，便是这条明渠。此后，万里长江将从泄洪闸里艰难通过，航船也只能规矩地走船闸了。

在此意义上，才说是长江三峡首次而且永远被截断了。这也将是长江干流上的最后一次截流。

灰白色的三峡大坝不如想象中高峻雄伟，远远看去，犹如一条来自外太空的反物质爬虫横卧江面，又像一长串俄制 C–300 导弹发射筒紧紧串联。在坝上，没有看到生命的丝毫迹象，仅有无数的电网、支架和厂房默然伫立。

过了大坝，瞬间回望，见西陵峡笼罩在一大片蒸腾的云雾之中，大坝如一把明晃晃的利剑，又一次拦腰横切过来。峡谷像具生物标本，老实地坐在坝上，又如一张电脑绘图。

神女，怕是要夜夜进入新时代筑坝工人的梦乡了。可笑的封建诗人和帝王——宋玉和楚襄王的魂魄，正在趁着月色飞速逃亡。

四、变化是一种习惯

传说，三峡是大禹治水时为疏导洪水而劈开的。此后，峡江容貌便没有大的变化。但现在，人类用自己的力量把它重新阻断。

对于多愁善感的文人来讲，三峡是永远失去了。然而，历史却从来不由文人书写。

三峡的主体是普通百姓。同船的一位忠州老汉告诉我："怎么说呢？有利有弊。离乡背井，任何人都会难过一段时间的。但是，移民会分到新的田地，住进洋楼，生活和生产条件都会好一些。"

环保专家张勇说："库区人民得到的，包括道路、体育馆、公共设施、天然气，是他们祖祖辈辈想也不敢去想的。棚户区一扫而光，贫穷正离他们远去。仅谈环保，不讲发展，是无意义的。"

百万移民主要集中在重庆。没有人提到，四川人乐观、坚韧、不怕吃苦和甘于奉献的性格，是移民计划得以推进的一个重要前提。

不少人认为，对于外迁移民来讲，第一代会在语言不通、习俗不惯、怀乡病纠缠中磕绊着生活。但下一代会融入当地社会。他们不再记得峡江，或仅有朦胧的记忆，在回访时产生短暂的喟叹。这种变化，正如现代的人们不再记得当年针对试管婴儿的示威浪潮，而只知道这项现代文明带来的无穷好处。

岳阳师范学院美术系三个班的学生也登上了江渝十四号轮，但他们不是去三峡写生，而是去安徽实习。没有一个人提到三峡。这些来自洞庭湖畔的年轻人，比起那群山西雁北师院的学生来，一个个灵气逼人，打扮也更“酷”。

此时，我想起科幻作家刘慈欣的名言。他在设想连宇宙有一天也会坍缩、时间开始倒流、人生将历经从老到小的变化时说：“一切只是个习惯问题。”

（二〇〇二年十月）

重返中美撞机地

仅仅一年，中美撞机事件已使海南的知名度大大提升。近日，我们来到陵水，访问旧地。这里的每一处变化，都令人遐思无穷。

一、世界的陵水

二〇〇一年四月，中美飞机在南海上空相撞，美机迫降陵水机场。陵水机场本是南海航空兵部队的一个备用机场，规模并不算大，周围分布着一个个村落，到处是生长茂盛的稻田，沐浴着阵阵海风。如果不是撞机事件，它与陵水一样，会永远地默默无闻。

机场邻近海南东线高速公路，北距省会海口市两百公里，南离三亚市六十公里。陵水县城离陵水机场八公里左右，陵水县三才镇离陵水机场最近，只有一二公里。在东线高速公路二百公里标志处可清晰看到陵水机场山顶上的圆顶雷达。当公路拐弯，雷达罩忽然出现在眼帘中时，游客会不由得一阵躁动。

“当时机场辖区进行了三层封锁，海军陆战队是第一层，机场警卫第二层，公安是第三层。记者无法进去，但可以远远用望远镜看飞机。那真是一个大家伙。”同行者介绍说。去年，世界各地的记者蜂拥而来，使陵水成为环球焦点。

如今，热闹已过去，小小的陵水县城十分安静，仿佛与撞机事件隔了几个世纪。整洁的街道上有连踵的茶坊，人行道上摆放着红色塑料椅，男人们闲坐聊天。同行者介绍，当地流行妇女干活，男人休闲，这是天经地义的。茶也便称作“老爸茶”。有许多“摩的”穿梭而过，车夫皆着红色马夹。

一年前义愤填膺的控诉已不复见，旅游如今已是陵水的主题。椰林遮掩的商店在出售花花绿绿的短袖衬衫，感觉像是到了夏威夷。陵水已不拒绝美国：货架上堆满美国产的洋芋片和开心果，而县城十五公里外新村渔港的美国红鱼育苗场正在招商。

在通往陵水最有名的猴岛旅游区的地方，兴建了中国最长的跨海索道，长达两千一百三十八米。这竟也是美国国际索道股份公司与武汉三特集团投资兴建的，总投资四千八百万元人民币。

海南如今流行这样一句话：海南的海口，中国的三亚，亚洲的博鳌，世界的陵水。

陵水县始置于隋大业六年（公元六一〇年），距今已有近一千四百年的悠久历史。全县十六个民族，以黎、汉、苗族人口居多，是个多民族“大杂居、小聚居”的地方。陵水县旅游局王局长称，去年下半年以来，来陵水的游客增多，一年达到五十万人次，在黄金周，一天便有三千人。但海外游客尚不多。

二、没看见猴子却看见了歼八

但游客主要是来看猴子的，而不是来看空军英雄王伟。猴岛隔了一条海峡与陵水县城相望。郁郁葱葱的岛上有四群猴子，共三四百只。

陵水是黎族自治县，猴岛上，许多着民族服装的少女在招揽游客。这座岛其实很有名。山上有一个大肚弥勒佛像，是一九九六年修的，现在看来，是破坏了景色，但王局长说，没有人敢拆除。

遗憾的是，看不见一只野生猴子。据说，是山上的树多了，果多了，猴子不再下山掠食。以前，常有大群猴子下山来找人要食吃，一不注意，相机、挎包都要被抢走。“你们绝不能与猴子对视，手一定要插在裤袋里，不能拿出来。”导游谆谆告诫。

王局长说，县里正在想办法，要把猴子逗引下山。但目前，游客只好观看驯猴表演的马戏。“撞机事件后，有一些游客闹着要去看飞机。我们当然不能带他们去。”王局长说。

在猴戏表演的同时，天上会响起轰鸣声。抬头看去，见是涂着迷彩的歼八在低空演练，有时是双机编队，有时是单机。

这时，便会有年轻的男性游客，放弃了看猴，跑到空地上，在油棕与大叶相思之间，久久抬头张望海军航空兵的战斗机。此时，才回想起英雄王伟。

陵水县以王伟命名了一所希望小学，但我们没有看到，也没有人提起。

海面上，浮着许多固定的排筏，上面开设了饭馆，供游客吃新鲜的海鲜。去年，在搜救王伟行动中，陵水新村镇和黎安镇共出动渔船六百多艘，有一千五百多人次参加搜寻。获悉王伟已无生还希望的消息后，两个镇的渔民都按照当地习俗悼念王伟。这些渔民，也许便是饭馆的老板吧？

现在，再没有人谈起撞机。当地人讲得更多是种植经济和旅游业。

三、撞机处将耸立比自由女神像还高的观音像

“在中美撞机的地方，将耸立起一座比自由女神还要高的观音像——新闻媒体都是这么报道的。”海南南山旅游发展有限公司总经理助理蒋海燕兴致勃勃对我们说。没有想到，在三亚，我们又一次听到了撞机，听到了美国，但是，却是给观音当了注脚。

南山海上观音像高一百零八米，的确比美国自由女神像高十四点四米，佛像为三尊手势各异白衣观音像的合体。

工程分为海上基础工程、陆地工程及观音像的锻造和安装工程三部分。海上工程包括直径一百二十米的人工岛填筑工程、建造在人工岛上面积一点三万平方米的圆通宝殿建筑工程，以及连接岛岸的长二百八十米的普济桥建筑工程。陆地工程由面积达六万平方米的观音广场以及其他配套设施构成。主体项目建设完成需投入三点五亿元人民币。

海上观音园区开发项目，已被列入国家计委和国家旅游局推荐的中国旅游业优先发展项目，以更加积极地刺激消费、拉动内需。如今，填岛工程已经结束。站在南山上，看到海浪拍岸，一望无际，观音像驻足的圆盘莲花座在海中若隐若现，只是，并不见坠入海中的飞机残骸。

不知从何时起，中国兴起了筑佛像热，如一九九七年建成的浙江普陀山南海观音大佛，高三十三米，重七十吨，是世界上第一座使用仿金材料建成的巨型铜像。尔后在无锡灵山落成了高八十八米、重六百五十吨的青铜释迦牟尼佛像。

在海南，各主要景区间有高速路相连，面向大海，是大片的别墅度假村，但路边仍时见碉堡，那是上世纪五十年代，为阻止美帝训练的台军登陆而修筑的。已经没有人去留意它们。

在我们离开海南时，有很长一段时间是无言的。微微海风拂面，使人轻松惬意。无论如何，这里的变化，王伟们是感受不到了。

（二〇〇二年六月）

游红螺寺

红螺寺在北京东郊，始建于东晋，号称中国北方最大佛教丛林。冬日阳光沥漓，沿途山峦，光秃恐怖，全无阴影，桦树如画。红螺寺中御竹林则阴森，如女妖欲搏人。寺前壁坡爬满迷幻枝萝。松涛竹海中有哀恸撞钟声，一元人民币一撞。

又闻佛音弦歌，年轻男声洪亮清越，直上云霄九重，吸引女游客前往探寻，却是小卖部中录音机播送。有白色双塔，疑埋有骨灰，塔畔有五彩怪鸟飞行，尾甚长。油松银杏异状如匪徒，斜出于径路。

登观音寺，至山腰牌坊处，遇村民阻，乃是地界纠纷。男女唱闹嬉戏，对游客施以怪眼。给钱也不让过。一村姑说，全村五百三十余号人呢，给得过来吗？天下没有免费的午餐。都是北京的地盘？还都是中国的地盘呢。国家领导来了也要拦住。同行者叹曰，整个中国，又何处不是这样？各省皆如此。连长城也切割成了一段段。

这时我站在山上，回头忽见脚下红墙青瓦之外，怀柔县城崛起，现代建筑亦如座座白塔，飞机则拉烟从地平线而起，横贯长空，有一梦千年之感。

又至罗汉园。沿途松林再复趋暗，谷底寒意生发，两侧隐伏十二生肖石像，为如鼠之兔、如牛之鼠、如狼之狗、如蜥之蛇、如豺之虎，游人无不悚然。忽见密林中，无数穿鲜亮赤橙色如救生衣者背向而立，高低起伏，漫山遍野。竟是五百阿罗汉。每人著艳丽披风，由肩至踵，摸之如帆布，唯余头皮，青光点点。罗汉皆栖于露天，分区把守，以山路为界，左二百五，右二百五，疑以利益为核心，又或成簇、或成团、或成链聚集，表情狰狞，笑意诡诞。恍若守灵人。又见状如木乃伊的济公和尚，以领班形象缩头缩脑。又有巨型弥勒，着猩红缎袍，从脖颈处一直裹至下体，如上海房地产商，面色煞白，得意扬扬。设想或傍晚风雨如晦，或午夜月光凄厉，一人上得山来，见这一坡石像，必是十方怨咒。

（二〇〇七年一月十四日）

法门寺与女皇陵

出西安城玉祥门，沿途见田野无数，同行朋友解说，这是马嵬坡，那是阿房宫。又称学者有研究，阿房宫从未建成，本是海市蜃楼。则梦回大唐的歌舞又如何不是？不禁想到，真回到古代，必定诸多失望，汉唐之盛，无非是人们的想象。也如一位西安朋友所说，新闻皆是片面获取的所谓真实。连老虎的真假都断定不了，又怎知古代？而今日中国之繁荣，是否又为虚幻？同行者又说，苏联人在西安建的大街与建筑，现时一点不落伍，不像中国人如今的短命工程。而世人对苏联的崇敬，亦来自其文学艺术成就。国家强大，必有唐代那样的艺术繁荣才能佐证，否则就是假的。如此而观，有报道称世界民调显示中国已是第二强国，就又有雾里看花之感了。

比法门寺印象更深刻的，是扶风县政府造的一个景观区，也有一条龙服务的招待所，都做成陕西民居，墙上贴满了毛主席不同时期的画像。就餐时，可听秦腔，吃小吃，一共上了十六道小吃，最后一道是一口香臊子面。

最后才到法门寺。门票二十八元，旁边珍宝馆五十元。寺由宗教局管，珍宝馆由文物局管。微雨之下，讲解员认真敬业。而和尚则颇多有趣者，有和尚走入地宫，大叫：“这里才暖和呢！”珍宝馆中有告示，不让拍照，但游客尽拍，多是八〇后。寺外正建风景区。我们的驾驶员说，在陕西，真的都看不完，还建这么多假的。

又去乾陵，经乾县，城中见送葬者浩大队伍，将街道淤塞。乡间，亦见有农妇坐农用车或者坐自行车后座，头缠白布。此地流行盛葬风俗。

先访永泰公主陵地宫，深邃幽暗。电灯如鬼火。少女长卧于巨型棺椁中，死时芳龄十七，一说被武则天乱棍打死，引发访者无尽思绪。壁画是唐朝仕女。再去乾陵，途经懿德太子墓，已被县里承包给私人经营，后想收回，但已签合同而不能。远见乾陵，两座山头如乳高耸，上有巍峨阙楼。沿盘山公路而上，至有石马处，则是墓道了。两侧石像生中有罕见鸵鸟，六十一番邦使节皆被砍头。整座陵寝，埃及金字塔亦无此气势。尽头才是梁山主峰，陵墓藏于其中。遥不可及，震撼无比，想到这也是宇宙墓碑呀。石狮子则不分性别，都是蹲位，访者不禁对女人充满崇敬与爱惜之心。

武则天也曾为少女，她追求为人，而非生育机器。这难道不是未来脱母运动的宗旨？而如《二〇〇一：太空奥德赛》，主人公是男人，最后成了神。泱泱中华，才是女性造人。美国是阿波罗男神奔月，中国和日本的月球探测器则改天换日，成了女神。因此造物主必为阴性。故此我们的存在，实是为了印证母亲并非生育机器，却是现世的神灵，是脱离了肉体感、不洁感的神灵，是脱离了儿女私情、为宇宙的宏大庄严而存在的神灵。但李银河说她提倡三种性：夫妻间的，不交换体液的，禁欲，表明她不把自己当神灵，或可谓之“超女神”。

晚间，回西安吃陕北饭，有戒指戴于无名指的美丽榆林姑娘唱小曲，歌里词间对在座男子调笑一番，这个不是好东西呀，那个拈花惹草呀，听者一笑，就要饮酒。朋友让我今后一定要去陕北，是让人流泪之处。

（二〇〇七年十一月十三日）

马化腾为穷乡僻壤传“福音”

当马云率领阿里巴巴风光八面在美国华尔街上市时，马化腾的腾讯团队却辛劳地在中国西南贫困山区的田间地头耕耘。

从北京至贵州省黎平县岩洞镇铜关村，上午九点乘三个小时波音或空客飞机先飞到贵阳龙洞堡机场，再换乘每天一班的 CRJ200 至国家级贫困县黎平县。这种小飞机飞上天嘟嘟嘟就像开摩托车一样。换客车过黎平县城后，就只有一条狭窄的盘山泥泞路了，很多人晕得像过西风带。腾讯公益慈善基金会筑梦新乡村项目总监陈圆圆喊：“忍一忍再吐！”到了村子已是夜里八点。

黑天瞎火，没有路灯。远远传来清亮歌声。走近了见是一群侗族少女，身穿民族服装，唱歌欢迎客人，还有四五岁男童，昂首吹奏竹笛。腾讯公司兴建的“文化长廊”在一片黑暗中闪闪发光，像浮在天上的神殿一样。

传入北京来客耳中的便是著名的世界非物质文化遗产侗族大歌。女孩们神情圣洁，好像教堂里的唱诗班。随后又献上米酒。我仍在晕车中，没有喝。

十八岁的侗族姑娘吴菲菲引领疲惫的客人去到住宿点，用下载了手电 APP 的手机引路。很窄的一条路穿过弥布牲畜和家禽粪味儿的村子。两侧是田地。吴菲菲提醒客人不要掉进河里。

腾讯盖在河边的木头新客房寒气逼人，要穿上毛衣才能入睡。次日醒来，开窗即见形若《西游记》中景物的山村隐绰在迷雾细雨中，水声潺潺。又看到腾讯捐资一千五百万元兴建的侗族大歌生态博物馆，共有十九幢仿侗寨式建筑，错落屹立在田坝上，颇似庙宇。水田间还伫立着腾讯公司的标志牌，看上去像是《二〇〇一：太空奥德赛》中外星人安置在月球上的“黑石”。

我打开手机，输入吴菲菲昨晚告诉我的密码 20141122。Wi-Fi 通了。

二〇一四年十一月二十二日在中国互联网历史上应记上一笔。这天腾讯联合中国移动和中兴公司宣布移动互联网在铜关和黑洞两个侗族村子开通。这可能是中国穷乡僻壤的首个“移动互联网村”，也是腾讯的创世纪。

一、杀猪宰羊送走妖魔迎“网神”

一大早，村民们就忙碌着杀猪宰羊，既是要招待来自北京和深圳的互联网专家，也是为着移动互联网的开通仪式而准备祭祀。

在这千年古村中，几名身着深色民族服装的寨老（侗寨中有权威的长辈）小心翼翼地剪出众多的五色小人剪纸，粘在纸幅上，用竹竿挑起，并在博物馆墙上贴上“龙神归位”的字符。一名寨老比画手势念念有词，还现场抹了一只公鸡的脖子。献祭的并有一只大猪头和多碗米面。我问寨老是做什么？他说是为了在互联网进村仪式开始前把妖魔鬼怪请走，不使之捣乱。我不禁想，这个场面今后要是引入硅谷该会怎样。

在一堆猪粪边，腾讯公司的一名染金发的年轻男技师操纵一架用于摄像记录伟大历史的无人机起飞。这个呜呜乱叫的四旋翼怪物引起了村民们的好奇，有人脸上挂着吃惊膜拜的表情。

随后几个小时里，铜关村所辖小寨、大寨、宰拱、岑仟四个寨子的百姓们身着盛装络绎不绝拥来，肩上驮着儿童，手举画有变异人脸的氢气球。上百名侗族女性排着长队，锣鼓齐鸣，身上银饰叮当作响，又一次齐唱侗族大歌，无伴奏，无指挥，经久不绝，天地动容。年长的男人庄严地在猪头前吹响牛角。

移动互联网开通的典礼是与侗族大歌生态博物馆开馆仪式一同举行的。已在这儿做了五年扶贫事业的陈圆圆登上一个台子对村民们高喊："你们认识我吗？"现场哗地举起一大片手。这时雨忽然停了。陈圆圆说："就要给大家发智能手机了。城里几乎人人一台智能手机。你们谁有智能手机，请举手！稀稀拉拉啊，看来没几个人有。我希望每个乡村每家至少有一台。手机除了打电话，还能做什么？不知道？发短信、用微信。知道微信能做什么吗？你们做的米好不好吃？好吃。有人买吗？没有。想不想卖出去？想卖。怎么卖？用手机！你们今天打扮好漂亮，有没有拍照？拍了怎么发给别人看？不知道。用微信发，发给城里打工的儿子媳妇，他们就知道小宝宝长成什么样了。村里怎么发通知？播广播、贴通告、敲大门？今后用手机发！一秒钟就通知到每个家庭了。还有刺绣，喜不喜欢？喜欢。那就用手机搜一搜，与别人的做比较，就能做得更好了。这第一件事是村里要有网络。在哪里？请转过头，看后面，山上尖尖的，是移动公司前天刚刚做好的4G

基站，花了一百万，把网络布进咱们村。待会儿中兴公司还要为每户提供一部手机！”

村民们皆转头看去。云雾缭绕着，中国移动的基站仿佛飘浮在天庭上，露出神一样的面容。这时，寨老代表吴邦灿（也是村里著名的农民诗人）上台来，激动地说：“感谢党，感谢腾讯。你们唤醒了沉睡万年的古老土地，这新时代的热土，连世界也接纳了它，此地将更欣欣向荣，迎来世界各地的佳客。”

随后腾讯与村民“立约”，规定“十个欢迎”“十个不可以”。包括，欢迎村民来博物馆唱歌、练歌、教歌，欢迎穿着侗族服装到博物馆来办喜事，欢迎申请博物馆文化展厅的工位，把日常劳动的技艺如编草鞋竹篓、纺纱织布锤布刺绣做展示；不可以随意带没有预约的非亲戚朋友进入博物馆，不可以穿着细高跟鞋进博物馆，不可以将牲畜赶到博物馆核心区域放牧，不可以往公共厕所马桶里扔坚硬杂物，等等。

第一批手机（中兴公司的一位负责人称是赠送给杜尚别上合峰会代表的型号）现场发给了村干部。他们兴奋而忐忑地捧着，眼里似有泪光闪烁。

仪式很快达到高潮。歌声、舞蹈和鞭炮持续到夜里九点。寨老摆上绵延的长桌酒席，主客喝得酩酊大醉。现场随处都能看到穿红色统一服装的腾讯工作人员在天使般穿梭。

次日，开始对村民进行培训和考试，发放第二批手机，并教他们使用 Wi–Fi。

一共遴选了五十六名村民参加培训，最终有四十二人蒙召而来。有一人培训结束后就走了，表示完全听不懂。随后考试，出了二十道对错判断题，包括“手机带来的一切事物都是新鲜的、美好的”“和外出打工的亲人可以通过视频见面”“可以在手机上参与村寨的选举”等，打钩或打叉。村民的回答正确率在百分之七十以上。有一人得了五十分而没有通过。五个不识字的妇女没有完成考试。但另两个不识字的妇女在腾讯员工的听读帮助下得了九十分。有三个妇女表示太复杂不敢用这个手机，申请退出。

村民每人缴两百元押金并签署一份协议后，即获得了手机。协议条款包括不得在明年五月三十一日前卖掉手机，也不能往河里扔垃圾，不得建砖房高楼，还要配合北京大学一个研究团队对手机使用情况进行调查。做到了这些，押金就退回。

村民们对于上网已是迫不及待。腾讯发布了一份新闻稿：“从信息发布到招工搜索，从上网卖辣椒到如何与在城里打工的孩子视频通话，大家时而喜悦，时而疑惑。当震惊于搜索的强大功能后，又开始担心资费问题。几名侗族小姑娘，已经开始迫不及待地学习通过‘印美图’上传并打印手机中的照片。”

中国移动为每位村民提供二十个月每月1G的上网流量。腾讯微信还在铜关建立了中国第一个村级公众服务号。理论上讲，包括村寨通知下发、投票调查、活动召集、物资征集、集资众筹、公共事务意见交流、文化活动分享、特产推荐等工作，均可网上解决。

铜关村看上去非常贫穷，而整个黎平县的人均年收入不到中国农村人均年收入的三分之二。不过，村中常见的视觉符号已颇现代，包括计划生育、宽带接入、信用社、卫星天线接收器、红牛饮料、汰渍洗衣粉、结核病防治药品等。或许不久后微信也会成为像避孕套和方便面一样稀松平常的又一件农村日用品。

二、小山村千古未有之变局

为这一刻陈圆圆已经在此工作了五年。二〇〇九年，三十二岁的她代表腾讯公益慈善基金会来到黎平做教育扶贫。腾讯的人说，公司这么做，是因为马化腾是潮汕人，那里的人赚钱后都有做慈善家的梦想。

二〇一一年陈圆圆在铜关村偶然接触到侗族大歌，惊为天籁。人们把这里称为“铜关五百地方”。很久以前，侗族祖先从江西迁徙到此，他们因为一个凄美的传说而毕生歌唱爱情，哪怕耄耋之年的老妇老汉，也能唱出动人情歌。那个故事讲的是，侗族以前有个残酷风俗，为维持人口繁衍，姑姑的女儿必须嫁给舅舅的儿子，无论舅舅的儿子怎样差，都有娶姑姑女儿的优先权。后来有十八对相爱的侗族男女决心抗命，来到铜关腊汉坡头，以歌传情，以歌诉苦，几天几夜不思茶饭，最后集体殉情。

为纪念这个传说，二〇一一年底，铜关四个寨子齐心协力省吃俭用，希望能在拮据的条件下，把铜关五百地方的两千名歌者召集一起，举办一个属于他们自己的侗族大歌演唱会“十八腊汉腊乜歌会”。

但这么多人来，光是吃饭就要花几万块，村委会和镇政府都没有那么多钱。

陈圆圆正好在边上，她立即提出，腾讯可以在互联网上搞个专题，告知天下网友，每人交三百元“门票钱”，就可以来侗寨参加歌会。结果有两百多人报名，众筹到六万多元，她又从腾讯游戏部门拉到六万元。

她说：“那时到铜关的路都不通，活动开始前，县长专门派压路车压了一次，还抢工抢出几个公共厕所，让一些条件稍好的人家整理出客房做接待。”

这场歌会盛况空前，十里八乡的人都来了。外国人也来了。路透社也来了。随后几个月，铜关村十名小伙子娶了外村媳妇，这是史无前例的。次年村子接待了上千名游客。

村干部和寨老们初次体验到了互联网的神奇，便商议组织歌队，让腾讯带着去全世界巡演。这太魔幻了。陈圆圆与专家商议后决定，还是一步步来，先仿照北欧模式，由腾讯捐资建设一个侗族大歌生态博物馆。

“侗族大歌是联合国批准的世界非物质性文化遗产，但破坏的速度比保护的速度还要快。生态博物馆就是把它保护下来，让村民唱下去。但要唱歌，首先要解决他们家门口的生计问题。村里年轻人都跑到城里打工了，就没有人唱了。”她说。

接下来，腾讯运用它最擅长的人际连接，通过微信朋友圈，开始书写新的“福音书”。

各路“先知”和“士师”被请了来。一位知名建筑师为博物馆做了规划。一位企业家提供了阻燃漆。一位著名设计师为村里的优质茶叶和大米做了包装，注册为“侗乡茶语”“侗乡有米”在互联网上销售。黎平县招商局党组书记罗永光说：“我们有好东西，却不会自己说故事。腾讯帮我们说了故事。现在我们可以自豪地说，马化腾办公室的桌上就放着我们的茶叶。那还愁什么呢？”

随后腾讯把村里四个年轻农民后代招到侗族大歌博物馆当服务员，给他们发工资，还送他们到深圳培训。吴菲菲就是其中一位。刚开始，那边的人见她是乡下来的，连洗衣机也不让她用。她就哭鼻子，向陈圆圆打电话求救。陈圆圆就宽慰她，又发微信红包鼓励她。

吴菲菲的手上时刻捧着一部小米手机。她虔诚地说，这是她用腾讯发的工资买的，是她的第一部手机。“我学会用手机收微信，是圆圆姐教的。我用它与圆圆姐保持联系。”

陈圆圆说，他们四个回来后完全不一样了。这是第一批进入博物馆工作的村民，也是第一批使用移动互联网的村民，会影响别人。

大数据专家马旗戟说：“这或许是第一簇草根星火。”

在铜关小学教学楼的墙上，刷着“腾讯梦想空间”几个大字。它的旁边是中国古代科学家和文学家的画像。不知今后会不会贴上马化腾的头像。

三、“名垂青史还是历史罪人”

像西方互联网公司进入中国水土不服一样，腾讯初到铜关其实也是一路跌跌撞撞。“最难的是，自己的愿望怎么与农民的愿望一致起来。一开始，他们以为腾讯是来挣钱的。”项目团队的李谭伊玎说。

她去年从香港中文大学 NGO 专业毕业后，就来铜关传道授业，说大学学的很多东西跟实际中的是两回事。“我们给施工队发钱，有时要用大麻袋装，因为从这儿的银行取出几万块钱，都是五元一张的。”

腾讯买来盖博物馆的木头，会被个别村民偷走。项目组也组织不起统一的施工队。一共有二十多个当地施工队要来“沾光”。另还有钉子户不愿搬走。

在铜关的筑梦新乡村团队有六人，大都是九○后。陈郡大学是学数学的，来铜关后实际做的是“包工头”，与建筑队打交道。一年里他穿破了两条牛仔裤、五双拖鞋、两双解放鞋，因为要在草丛和泥地里不停走路，去向村民“布道”，去与他们沟通。他学到的数学倒也还有用，就是计算盖房需要多少木头。

他说：“有天买来了木头，凌晨两点到，很大的木头，十几方的。车子没有自卸功能，我就和一个小伙伴一根根撬出来，累瘫了。坐在木头上，想哭。无人来帮。打电话也无人来。我们是做公益的，有的村民却漫天要价，有的给钱也不愿来。后来，看到我们做的是善事，慢慢才在一起了。我们开始与各个年龄层、各种性格的村民建立起信任。”

“跟村民在一个灶上吃饭、聊天，让他们渐渐看到好处。”陈圆圆说。

腾讯按政府标准给予农民以征地补偿，并让村民在博物馆中入股。“我们租农民的地，每亩一年返回两千五百斤稻谷，你要晓得，袁隆平超级稻的最高亩产才两千斤。”陈圆圆说。

腾讯先帮村民修复了花桥（侗族村寨的标志性传统建筑）。一个不愿意建博物馆的村民说：你们征了我的地，我就来走你们的桥。陈圆圆说：好，欢迎来走，并请带上你的猪和牛。“大家看到我们是善的，心理上就有了亲近感。”她说。

但在中国要办成事情，光有爱还不够，光有钱也不够。陈圆圆挂职过黎平县教育局副局长，现在又身任旅游局副局长。“这样说话才有人听。”这是扎克伯格们无法想象的。

现在移动互联网终于进村了，博物馆也开馆了，并将于明年正式落成，然后由腾讯把整个产权移交给铜关村，由村民享受其永乐真福。但不少人对它的未来仍抱疑虑。

筑梦新乡村的一位项目经理贺捷说："我们是汉族人，连汉服都不穿了，毛笔字都没有写好，却来帮助侗族保护文化。我觉得互联网在这儿还只是一张皮。"

马旗戟说，重要的是让村民成为主人，必须在村寨中培养一批本地精英。

村支书吴珍刚觉得这很难："本地精英，三五年都培养不起来，如何把本地人融进来，这是一个很大的问题。"

其他的难题包括如何处理好旅游与环保的关系，协调好文化与商业的关系。还有，互联网究竟是会保护侗族大歌，还是将令它丧失原生态味道？腾讯一旦撤走，博物馆还能经营下去吗？它会不会像"侏罗纪公园"一样混沌失控？会不会有村民用互联网去开黑网吧、搞赌博？网络会摧毁村里的原始宗教吗？"互联网给这个村子带来的究竟是什么？我们是名垂青史，还是千古罪人？"北京来的建筑专家杜孝民说。

但信仰的力量支持着陈圆圆，"互联网就是小步快跑"，她说。她每时每刻笑容满面，她甚至学会了唱侗歌，穿上民族服装杂入村民中看不出是外来人。她说，问题都考虑到了。只是目前人手太少，有的还一时不能去做。

在她看来，铜关村也只是特殊个案。更重要的是，在这里办二十件事，如果有五件得到落实，就能把福音传至全国的农村，缩小它们在信息时代与城市越拉越大的差距。这五件事是：一、用移动互联网管理村子；二、让知识青年返乡；三、建立公平贸易平台，让村民挣有尊严的钱；四、为多数人设计，用设计改变贫困；五、探索传统村落保护之道，留住乡愁。

有人把陈圆圆称作传教者，只是在这儿，互联网成了“上帝”。

腾讯大浙网总裁傅剑锋说：“我觉得这事还是很牛的，是充满想象力的乡村实验，它的未来价值更大。”他说，已向马化腾报告了铜关村的进展。

现在，人们正期待中国 BAT 三大“教主”之一明年能够亲自莅临铜关，主持侗族大歌生态博物馆的落成仪式。

陈圆圆说：“寨老贴小人儿剪纸时对我说，这纸符一定要在博物馆里挂一千年。这个地方原来有村里的一座庙，是不可以建房的，因为看到是公益事业，寨老就让建了。我希望有一天，能帮助他们恢复那座庙。”

（二〇一四年十一月二十九日）

信仰是用手机来照亮的

去南京。高铁。夜十时到。

吃小龙虾。有不忍感。南方的小龙虾，浸在油里，血淋淋的。

上次五月来南京，是在秦淮河边，吃鸭血粉丝汤。南京的好像都带血。

凌晨一时半，烧烤店里仍坐满市民，看大屏幕上的爱奇艺。头顶垂着一片红灯笼。

南京洪涝结束了，一下变得很热，有了火炉的感觉。

晨在酒店吃饭，惊讶于南方包子的精致，对上海来的客人说了这事。她说，这还叫精致呀。

中午见到国民政府时期的美国大使馆，当年司徒雷登就住在这里。又是十分精致。

又吃到鸭血粉丝汤，与秦淮河边大排档的味道不同。

人们讲江苏是中国最有“文化自信”的地方。古代这里就出才子。现在有牛首山，有释迦牟尼顶骨。佛陀把最珍贵的顶骨撒在江苏，说明他觉得这儿不简单。因为这里有格非、苏童、叶兆言、曹文轩等等。像美国使馆和秦淮河边的鸭血粉丝汤一样，他们跟河南及陕西作家不一样。

有人讲到了两堂，也就是课堂和教堂。传道者，善于俘获人心，带人去大自然中体验，讲科学，讲宇宙，不知不觉，把基督福音传递。而我们课堂的政治课，充满说教。

本来我很想去明孝陵看，但又觉得一个人去也没意思，就走到了新街口地铁站。途中又见民国时期的古代建筑。

我的手机已经没电了，又没有带充电器。另外我的电脑也没电了。手表也没戴。

忽然觉得解脱了。

新街口，人群熙攘。高楼大厦。梧桐树林。看不出曾被太平军和日军屠城过。

新街口地铁站，号称亚洲最大地铁枢纽。果然巨大，纵横交错。不知跟日本涩谷相比如何?

地铁车厢里，说普通话的竟然居多。

女性都很秀美，让人想到虞姬。她是江苏人。

出地铁站，到南京火车站，准备回北京。边上即玄武湖，比想象中浮阔。湖上有游船。天上有彤云。绕湖皆摩天楼。欣欣向荣的江南中国。

岸边，树下，岩石上，木头码头上，坐满人。有等火车的，也有市民，推婴儿车，带小狗。微风吹拂。

我也惆怅地坐下。

有人塞扇子给我，我以为是骗子，没要。

忽然，响起喇叭声：音乐模式，音乐模式!

码头上出现一男子，三十多岁，白衬衫，灰色西装裤，黑皮鞋，手持话筒，合着音乐，边走边歌，挥舞手势。

初以为，是献艺的。

他唱完了，开始说话，听到嘴里冒出“哈里路亚”时，才知道，是传道的——传基督福音。

他又满怀激情地高唱了几首。都是献给主的歌。人群开始围过来。

他对大家说，白天上班，晚上做义工。有小册子，有扇子，免费赠送，都是记载上帝和耶稣事迹的。

又有三名年轻人，动如脱兔，抱着扇子和小册子，分赠围观者。

扇子是蓝色的，上有十字图案，又有“耶稣爱你”的中英文，及一些最基本的教义。

小册子有两种，一是“真正的英雄”，讲耶稣故事，有连环画图，一些小朋友拿去，看得津津有味。另一“生命的福音”，讲了上帝是谁，万物的由来，圣经是什么，为何要信耶稣等。里面记录了很多世界名人、伟人及科学家的见证。

又有两位中年妇女，也在码头上，投入唱起了颂扬主的荣光的圣歌。旋律优美。

天色渐暗，又来了十几位年轻人，穿粉红短袖衫的，带着吉他、手鼓。他们甜美笑着。

最早唱歌的男人说：我们的大部队来啦，演出要开始啦。

他说，请我们的兄弟姊妹，为大家跳舞吧！

伴着昂扬神圣的音乐，总共十位男女青年（六男四女），跳起《中国心》的舞蹈。动作整齐，干净利落。

他们灵敏、生动、健美、青春的躯体，映射着湖水，像一朵朵透明的莲花开放。

这时只恨我手机无电，不能把这一幕拍下。小米，面对上帝，续航力有待提高呀。

歌词唱道：

远隔千山万水凝聚一颗中国心，

心心相印、齐心努力，兴旺福音。

神爱中国，更爱我们，

在这里在那里找到我们这群人。

时钟每分每秒从没有停留，

传福音的火焰时刻燃烧在心头。

脚步急匆匆踏上征程，身披月色头顶繁星，

要给那黑暗的茅屋点亮一盏新灯，

给那五十六个民族带去和平。

我们拥有一颗赤诚的中国心，

爱民族、爱同胞、爱地上的每一个人。

又邀围观的群众一起跳。

光是这个《中国心》，就反复跳了三遍，始终精力充沛，一丝不苟。

又有一位高个子年轻男人，拿着话筒，说，全世界有二十多亿人信上帝。诺贝尔奖得主，百分之八十到九十信上帝。

他说，耶和华，就是“我是那我是”的意思。

他说，今天，就是介绍耶稣给大家认识。你们听说过耶稣这个名字吗？观众中有人喊：听说过！

这时，天已黑下来，湖面上倒映并蛇行着远方楼群的彩灯。

年轻的男女开始朗诵诗歌。

他们说，耶稣是我们永恒的依归……上帝，是智慧的源头，平等的依托，家庭的保障，婚姻的根基。

我身边的两个观众，模样像清洁工一般的中年夫妻，面孔黝黑，手粗脚粗，听得张大了嘴巴。

拿话筒的年轻人说，我们出门不就是为了追求平安、福气吗？只要信主，这都会有。又讲，现在很多人害抑郁症，这要靠信主来解救。

我不禁想，消除烦恼，能不能也这样呢？光靠抹去记忆是不行的。

又请来一个赤着上身的男人，讲他怎么信主的。他信主十来天了。但这人说方言，听不懂。只见他的身体左右扭动着。

青年男女又跳舞。炎热的天气里，那么卖力。他们的样子，让我想到陈楸帆科幻小说《荒潮》中的打工者小米。

歌声唱道：没有人能像你，没有人能取代你……世界有你，更美好。

他们跳起一个名叫《创世纪》的舞蹈。人在地上起伏，做出思考者的模样，很多动作，像是革命烈士，或样板戏。有时，又二人，把一人，撑着两只胳膊，高高架起，越过头顶，像是献祭。

观众并不多，百把人，鼓掌，不少人，打亮手机上的手电，把舞者照亮。

一时间，湖畔闪闪发光，洋溢着一种奇异而神圣的感觉。

黑暗中，在手机那宛如太阳的光射下，舞者年轻的脸庞脱颖而出，飞旋着朝气、欢愉、纯洁，播散开滚滚不绝的热量。

而他们的身体，是幼稚、充实和有力的。

在宇宙这么大的地方，由细菌进化来的一些生物，在追寻着存在中最核心的东西。这让我惊得目瞪口呆。

忽然，舞者集体跪在了地上，把头久久埋下。

我心一下跳快了。最厉害的雕塑家，也是做不出来这个姿仪的。

我很久没有见到信仰了，但这一刻，在南京的玄武湖边，亲眼目击了。

但我又疑惑了。

这也许是对自己的疑惑吧。

我想到有一次坐在北京宣武门南堂的椅子上的情形。那里的玻璃是描着花的，墙上有很多油画。似乎一切可以永恒。但是呢？

然后我离开湖边，走向火车站。距信徒十米处，停着一辆警车。

候车大厅里只有一家卖肯德基的。不少人买来吃，以女性和孩子为主。有的女人的裙子是透明的。

由于洪涝，不少车晚点。九时五十，我上了一辆动车。

第二天早上，醒来。无手机，无手表，也无电脑。动车上，也没有充电插头。好像回到了十几年前的古代。

人们逐次醒来，女性，懒倦，容妆皆脱，身上散发臭气，从我身边走过，去到厕所，害羞般低低埋了头。这让我想到佛陀出家的时刻。

回到北京后，我把在玄武湖边得到的基督扇，送给了一位信教的同事。

（二〇一六年七月二十八日）

一生应该去一次南极

中国人赴南极的越来越多。有科考，有旅游，还有寻找商机的。作为科幻作家，去南极看看是我的一大心愿，最近终以游客身份搭乘挪威“前进”号游轮赴这块神秘大陆，亲眼所见，震撼非常。

最大的感受是，人这一辈子，如果不能去一趟外星球，那就应该去一次南极，否则有白过之嫌。

我看到，南极完全不类同其他世界，它的疆域里没有文明。我们受文明的“毒害”太深，去南极可以“消毒”，适当与文明保持距离，这已变得越来越重要。

半个月中，绝难见人，而这与在西藏等地的见不到人又不同。此地没有经幡，唯见的宗教，是乌克兰科考站的一个东正教教堂，被称作人类最南的教堂。船上中国人或外国人，都纷纷说，有到了外星之感。的确很像《星际穿越》里的那个水星球。还有人说，这就是《哈利·波特》的童话世界或神话世界。

穿越遮天蔽海的浮冰时，常有恍惚感，南极就是电脑做出来的三维动画。其奇观超出任何想象，震动灵魂。与我同舱的一位六十岁的资深摄影师，他去过珠峰、阿里，此次亦惊得目瞪口呆，手腕举相机到发酸，感动得几欲流泪。有的西方人成了南极迷，连休假都去南极某个岛上度过。

到了南极后，觉得“人类”什么也不是了。虽然，这儿也有探险家的故事，有英雄史诗，但对比大自然，都太渺小。至冬季，无特殊措施，人类不能在这块大陆生存。一些牛皮哄哄的大探险家，最后也葬身此地。到了南极，回头再看那些北方大陆，看那些战争、政治和算计，怀疑都是人太多了，自找无聊。

南极有生命的自由存在，无所畏惧并活泼积极。在世界其他地方，野生动物都是躲人的，而在南极，动物皆不避人。巨鲸、企鹅、海豹、海鸟，全如此。好几次我见到一家三口座头鲸在船舷边起伏不停，巨嘴大眼，清晰入目。企鹅则漫山遍野，从人前大摇大摆地走过。当然，企鹅也做着辛勤艰苦的工作。筑巢、育子、捕食，无不历历在目，尽收眼底。从中，可感悟生命进化的真谛，同时也陷入对存在的更大迷思。

去了南极，整个宇宙观和人生观大为改变，很多放不下的都放下了。

这不是一般的旅游，而是探险。一天之中，天气变幻无常。有时大雪纷飞，有时阳光灿烂；有时一边大雪纷飞，一边阳光灿烂；有时阴云滚滚，世界仅余黑白二色；有时海天呈现洁净而透明的奇蓝。登大陆，上岛屿，乘冲锋舟，驾皮划艇，露营，远足，越雪峰，过冰山，处处皆能感受到狂野和单纯。

各种《阿凡达》般的景观难以形诸言表，有的，第一眼貌似长江三峡和张家界，细看又根本不是。雪山、冰川、火山，狭窄的海峡，怪石奇岭耸出海面，巨浪连天。有时整日在密密麻麻的海冰中穿行，小浮冰虬曲怪异，大冰山则如高楼巨幢，一座座肃然驶过，而冰面上悠然趴满企鹅和海豹，冰山旁亦有巨鲸携海鸟出没，吼声连连，水雾冲云。甲板上，游客惊呼、欢笑，忘却自我。而与南极有关的科学、历史意蕴，更耐人琢磨。

南极旅游，始于二十世纪五十年代后期。目前，多为西方国家所组织开展。“前进”号属挪威海达路德公司，是非常专业的极地探险旅游船，硬件和软件条件很好。

“前进”号本是挪威探险家阿蒙森的一艘船，阿氏于一九一一年驾此船远赴南极，成为第一个抵达南极点的人。今天的“前进”号上安排了驻船科学家，举办系列讲座，涉及南极历史、地理、政治、生物多样性、气候变化等多种主题。

专家讲到，南极旅游亦引起争议。而国际南极旅游组织协会则认为，在让游客遵守一定规则的前提下，适当开展旅游，可以让人类更关注南极，提升环保观念。目前，人类活动尚未对南极造成大的影响。乌克兰科考站一位生物学家对我说，岛上企鹅数量在增长，整个南极洲的企鹅数量保持基本稳定。

南极旅游不易，路途远、花费大，并且价格年年提升。其注意事项也颇多，主要是不得干涉和破坏自然生态。今年是中国建立第一个南极科考站三十周年，但部分中国游客的不文明举止，亦引发关注。据一位多次带队的导游讲，历次南极旅游，都有中国人违反规定，在野生动物繁殖地大声喧哗，过近距离拍照，阻住动物行动通道，踩踏植被，乱扔垃圾，不遵守集体时间，喜欢炫富，甚至有人在南极游轮上彻夜聚众赌博。

据说，中国的极地科考站已不太欢迎中国游客前往参观。

（二〇一五年二月二十二日）

中国应该产生一百个安徒生

在中国人心目中，丹麦可以用一个人来代表：安徒生。他的那些童话故事《海的女儿》《卖火柴的小女孩》《丑小鸭》《皇帝的新装》等，人们自小耳熟能详。

拜访安徒生的故乡欧登塞是我人生最大愿望之一。从哥本哈根机场到欧登塞，一路景色绚丽，阳光灿烂。一个半小时后，路边即见安徒生故居指示牌。下高速，见两侧有农田村舍，明媚乡村景色，风物美如童话，颇似中国南方，心生亲切。

至欧登塞，古色古香的城市，中世纪的建筑，教堂、雕塑、小河，遍地落叶金黄，又有红花簇簇盛开。心想，难怪安徒生能在这里写出童话。建筑物上有大幅海报，上面是用多国文字包括中文写的“追寻安徒生的足迹”。

停车后，走过石板路，至其出生地，发现已改建为博物馆。服务员用英文问我们从哪里来，得知来自中国，便用中文问好。门口还有一中国女生，做市场调查，为欧登塞旅游局服务，原来是当地想吸引更多中国游客，特意做出的安排。

展厅内有安徒生塑像，看上去竟颇似中国人。他身高一米八五，比同时代人高二十多公分。令人吃惊的是，馆中首先向访问者呈现的，是时代背景，是残酷的政治、军事，而不是童话。安徒生的自述也耐人寻味——曾祖父告诉他，“人类越来越聪明，但生活并没有变好”。

人类发明了先进的武器来互相杀伐。展板介绍了当时的情况：欧洲人很贫穷，死亡率高企，只有百分之六十的儿童能活下来；社会仍很专制，国王即法律；性是禁忌话题；战争是家常便饭，连报纸都懒得报道。但科技进步了，比如出现了照相技术和铁路，安徒生见了，惊为魔法。他感叹：每个百年，每个千年，都有属于自己时代的诗意表达。

说到安徒生其人，他被描述为“富有想象力，而极敏感，像水一样，易被任何事物扰动”。他儿时多病，后来牙齿差不多掉光。

我原来只知安徒生的名字和童话，但不知他的生平。原来，他出生贫苦，父亲是个鞋匠，在安徒生十一岁时死了。母亲是个洗衣女，寒天也在河里洗衣，要靠酗酒保暖，在安徒生二十八岁时死了。

安徒生入学时十七岁，跟十岁的孩子编在一个班，时常遭到嘲弄。他写道，他是一个孤独而爱做梦的孩子，总是一个人玩，即便在学校，也不合群。他喜欢过一些女人，但都恋爱失败。他一直没有成婚，没有家。很多时间里，他“被异域召唤”，成为旅人。成名后，他当了欧登塞的荣誉市民（这座城市的另一位荣誉市民是国王），全城民众在市政厅前欢迎他，放焰火。他死时，把初恋女友写给他的拒绝信放在一个小袋里，置于胸上。

看到这里，我心有戚戚。那些美妙童话，是在一个创伤心灵中孕育出来的，这与来路上看到的美景，形成反差。

童话是对失意的补偿。安徒生说，活着本身就是一个精彩的童话，我们的时代就是童话。这些话的后面，饱含多大的苦涩。

我们中国人经历了那么多苦难，应该产生一百个安徒生，但是，似乎并不是这样。除了经历苦难，还缺什么呢？这个意义上，又可以说安徒生是幸运的。

安徒生的童年故居，就在博物馆数条街之外。他在那里度过了两岁至十四岁的时光。房间狭小，但有一个后花园，让人想到鲁迅的百草园。前台服务员知我从中国来，很热情，赠一明信片，并盖章，上写有中文："安徒生没有一个和我们现代人一样的花园，他的花园只是一面墙，所以，安徒生让自己的花园生长在自己的童话世界里。"原来，这个花园是景观设计师用创意构建出来的，让童话来到了现实中。

我们又在教堂边上的国王花园，见到了安徒生青铜雕像，建于一八八八年。沿欧登塞河漫步，风景美丽如画。当年安徒生母亲即在这里洗衣。见到路牌，标明自行车骑行路线，写有"安徒生的天堂"。

在丹麦访问，所遇当地人对中国人均友好。两国自古没有战争。一九五〇年，丹麦就承认新中国并与我们建交。在当时西方世界，难能可贵。

（二〇一六年十一月一日）

挪威峡湾看极光

今年十月中旬，我在挪威西部城市卑尔根乘海达路德“北角”号游轮，沿斯堪的纳维亚半岛西海岸北上。

科幻小说中，挪威峡湾被称为上帝评定的世界最佳胜地。现实中，它被联合国教科文组织列入世界遗产名录，也被权威杂志美国《国家地理旅行者》评选为保存完好的世界最佳旅游目的地。

此乃第四纪冰川运动，在地面刨蚀出大量谷地，后海水进入谷中，形成峡湾。轮廓曲折，岸壁陡峭，沿途人文古迹灿若明星。

船行次日清晨，见海中礁石、群岛和灯塔如波浪涌出，岸上巨崖耸峙。远方天际明亮如火，有城市星布山中。云层蓝黑黄红，变幻无穷。风平浪静之时，又见绝壁赤红，云雾缭绕。山下村镇，红瓦白墙。日头升起，闪亮无际，如在梦中。

至一峡湾，上岸乘车游览。只见冰川、湖泊密布，形若九寨沟而又不同，层林尽染，又有瀑布下湍。虽去国内多地，亦不见此奇景。

七十一岁的导游一路介绍此地逸闻及异兽珍禽。船续行，山势跌宕，海水莫测，雪山绿树交映，阳光迷离，令人想到长江三峡，而其壮美雄浑，又胜之。夜见满天繁星，月亮形如巨鼓，浮于海平面，呈红黄色，月球之上的环形山历历在目。

当晚九时，船上广播提醒有极光。至七层甲板，见隐然有光，由岸边山头射出，又有不规则几缕横陈，后扩展，满目幽绿，如烟雾，如龙卷，如旗帜，如积云，如岩石断层，从船尾至船头，横跨一百八十度。而船另侧，是明月，照水极艳。

极光与北斗七星融为一体，又直射大海，时刻飘动变幻，成爪状，成臂状，成怒发冲冠状，成冲天漫卷状，成燃烧状，有的则如剑戟，大小不一，层层叠叠，最后周天张布，如血液弥漫，全船轰动，甚为惊骇，始信造化之奇妙，宇宙之玄奥，神灵之永恒，人类之渺小。其于炫美之中，又透出死气煞气，有君临万物，创造一切又毁灭一切之感。

游船探险队员做科普讲座，说今年为极光大爆发之年。早期人类认为其为恐怖不祥之兆，但也有认为是仙光的。极光神话，挪威芬兰最多。极光也激发了艺术灵感。后才由一位挪威科学家证实是太阳风被地球磁场俘获而成。该科学家头像被印在两百克朗钞票上。北极光仅在挪威、芬兰、瑞典、俄罗斯、加拿大、阿拉斯加等地能见。但强烈之年，南部亦可见，伽利略就曾记录意大利的“红色天空”。

次日过北极圈，又至博德，挪威北部第二大城。登冲锋舟至大海，见远处雪峰、冰川，有鸟岛，鸟生于悬崖，头能转一百八十度。

傍晚五时许，见落日晚霞，与月对峙，距海咫尺。晚十时许，船停泊一峡谷中城市，如桂林。见稀薄一道绿光，腾于谷中，直冲北斗。开船后，光时弱时强。

渐行入某大峡谷，光时左时右，变换方位，如捉迷藏、打游击。见两侧山窄险，触手可及，峡口宽仅八十米，涛声震耳。绿色极光又从峡口蜿蜒升起，星空亦媚丽。

出峡，又入一峡，极光愈明，又至一宽谷，极光陡然变剧，如皇家巨型绸缎，飘舞头顶，前后左右皆是，首尾不得兼顾，又与皓月交辉，与浮云穿织，绿白纷呈，翻卷不停。转视另侧，广阔天空，海平面有赤色霞光反射，又有绿色极光如剑戟下刺，又有白云滔滔涌流而来，北斗七星高悬，神秘至极。

此时已至晚十二时五十分，甲板甚寒。忽然大片浮云遮天蔽月而来，吞噬绿色极光，遂回船舱，仍嗟叹不已。

次日又至挪威北部最大城市特罗姆瑟，见极高之大桥横越海峡。又至霍林斯沃格，漫山七彩建筑如儿童积木。下船乘车，至北角，一路上风景苍凉，山岳无木。此为拉普兰地区，生活着萨米人。北角于一五五三年列入人类地图，二战中盟军运输船队经此，与德国潜艇激战。

这天傍晚五时许，又现极光，随后大爆发，周天喷薄而出，随处肆意而为，是此行中所见最明最艳者，如同奥运会开幕式盛大场面。思大自然已创造出如此奇迹，人类再来重复做它一遍，有何意义？又觉此绝非大自然手笔。据说不少人为看极光，多次赴北极圈，而未能见。我一周中，即见三次盛大极光，不知是何缘分，亦因此生出对未来的惶惑。

船上还有音乐欣赏，皆挪威北部歌曲，其中一曲名为《百年后什么都会忘却》。其唱曰："虽然我抱怨人生伤痛，却无法让问题得到解决。但为什么要有重负在身？百年后什么都会忘却……"

（二〇一六年十二月十一日）

船抵北极四十年

六月二十日，俄罗斯“五十年胜利”号核动力破冰船来到北纬九十度。这是今年第一艘抵达北极点的船舶，也是过去四十年来，人类水面船只第一百二十八次航至北极点。

一九七七年八月十七日，苏联核动力破冰船北极号首航北极点，揭开人类历史新篇章。此后，造访地球之巅的人数出现爆发式增长，至今已有两万五千六百人，其中游客一万一千人。

北极点在北冰洋中央，被坚冰披覆，一直是人类禁地。直到一九〇九年，美国人佩里从加拿大出发，行六百七十公里，耗时两个月到达。而“五十年胜利”号从俄罗斯出发，行两千三百公里至北极点，仅用五天。

“五十年胜利”号是当今世界威力最大的破冰船。如果不是亲自乘坐，不知人类竟能造出如此神奇的水上交通工具。该船如一座山岳，核电机组为这艘满载排水量达两万五千吨的巨船提供七万五千匹马力。

在俄罗斯北方舰队司令部所在地摩尔曼斯克港，它与库茨涅佐夫号航母前后停靠在一起，场面震撼，堪称人类现代工业文明的象征。

这条船被用来进行科学考察和交通运输，近年亦投入观光旅游。

中国游客是主要客源之一。此行船上近八十位中国游客，由极地专业旅行社极之美等国内旅行机构组织，占了全船游客总数约三分之二。

船行次日，至北纬七十七度，海中布满破碎浮冰，再往前有大片连续冰带。船直接撞去，如履平地。在下甲板能听见船体剖开冰面发出的轰隆声。

至北纬八十度的法兰士约瑟夫地，又有冰层连绵，船震动前行。群岛耸峙，冰雪迷蒙。左舷阳光直射，右侧雨雪纷飞。鲸群喷水，浮冰上能见海象卧伏，海鸟翩飞。又有北极熊携家带口在冰上行走及捕猎。有时海冰阻绝天地，船迎难而上，进入白镜般世界，略无水迹，不可思议，犹如外星景观。船在冰原上如滑行一般，舷侧可见一两米高的冰块碎裂翻卷挤出，船后有尾迹，裂冰声如爆竹。冰碛很快又把劈开的航道封上。

北纬八十三度，亦是冰块积如巨屋，凌乱不堪。海天一色，不辨东西南北。几十米外不见影迹，日头无光，白色的冰冻星球让人失去关于世界的一切常识。

抵达北极点前两日，船上探险队员及船员扮作海神等，手执三叉戟。五十岁的船长迪米特里·罗布索夫恭敬地对“海神”说，希望执掌海洋的您能让本船及乘员顺利到达北极点。他还向“海神”献上果篮供品，亦俯身亲吻“海神之妻”脚尖。“海神”说，他已考察过，船长和船员非常专业，定能到达北极点。

还有一百二十海里就要到达。至船头看，巨冰犬牙交错，翻滚汹涌，飞掠而过，船在跳跃。眼前碎片四溅，冰流破空。冰下又有纯蓝色固体翻起，又现漫漫褐黄色，是冰藻被挤压而出。

此时不免产生诸多关于北极点的疑问，难道真如科学家预言，到二〇四〇年，温室效应将使夏天的北冰洋变成无冰之海？直跨北极点由大西洋至太平洋的新航线果将开通？北极圈油气资源开采将变得容易，从而引发大国激烈角逐？世界地缘政治和经济格局将迎来新一轮巨变？“一带一路”将与北极对接？人类不断前往北极点，除了好奇，亦为利益。

抵达北极点是六月二十日中午，北冰洋坠入无边极昼。船停在一片略有裂缝的浩大冰面上，四周隆起被风雪吹垒而成的峨然冰脊。笛声长鸣。各国船员与乘客在船头甲板打开香槟与伏特加，在《小苹果》的奇诡乐声中载歌载舞。这种巨大的仪式感是人类仅有的。

这也是“五十年胜利”号迎来首航十周年。它为纪念反法西斯战争胜利五十年而建，于二〇〇七年交付使用。正是这年，俄罗斯在北极点下四千二百米的海底放置一面钛合金国旗，引发全球震动。目前仅有俄罗斯、美国、加拿大、德国和瑞典的船舶抵达了北极点。

（发表于二〇一七年七月十二日出版的《环球》杂志）

一次令人怀念的旅行

我怀念一年前的一次旅行。那是在四川境内，沿大渡河而行。这条河充满想象。有藏区，有雕楼，有铁索桥、寺庙、白塔，群山之间，烟云升腾。但感触最深的还是今昔变化。

当年红军长征所经之途，天堑多已不复存在，除了公路四通八达，险急的江流也变得开阔平缓。这是因为兴建了众多水电站。从丹巴至泸定一百三十公里，就见到七座大型电站，大唐、华电、国电、中电等能源几大家都在大渡河上建站。这成为崭新风景。

奔流不息的大渡河自身化作了一座超级水库，老路淹没，乡村下沉。有了移民新村，大量白色小楼挤聚一起，村民传统生产生活方式发生了改变。途中见到，有一段水变成了奇怪的深绿色，风平浪静，群峰倒映。有的水边写着“绿色发展”标语。同行朋友说，如此多的电站，对于生态环境、生物资源、地质气候将带来什么样的影响，值得观察。

藏族司机次仁担心地询问，水库会否导致地震发生。川西一带是震区。他甚至认为汶川地震也跟附近建水库有关。又说某地居民曾反对建电站，因为城市较低，万一溃坝则有危险。建电站后房价下跌。

对此我们无法证实。

水电站投资较大的，是筑坝和移民成本。在大渡河上，也许耗费小一些吧，三五年或能建成，然后并入电网，就可以产生经济利益了。这被称作“新能源”或“清洁能源”，虽然是一种低技术、旧技术，人类已沿用一百四十多年，在川西却呈现出科幻感。而在群山之间凌云飞渡的高压输电线，更是让人觉得震撼。一般的发展中国家搞不出来。

我只是感到大渡河有些可怜，被切成一段段，再无自由，只有出了大坝的短暂时间，能稍稍喘口气，很快又被下一水库吞噬。有的库容太大，水难以流动，积在岸边，淤成黑色垃圾。另外沿库区可见不少塌方处。但我这样的想法，无疑是文人的自作多情。由于有了这些水库，沿途人民的生活，一定改善了吧。

水库发的电，主要供给企业。过去一些年，中国经济是世界上增长最快的之一，许多企业均能慷慨支付电费。沿途多见水泥加工、金属冶炼、机械皮革等工厂，当然，有些在今天看来已是重复过剩的产能，且造成污染，但在地方上仍是增加 GDP 的重要支柱。

在石棉县，能与政府大楼媲美的是国电大厦。县境内有两百多处大小水电站。城区警示牌上写着：上游随时会开闸放水，严禁在水边嬉戏。在视觉上，石棉县呈现出一派欣欣向荣、安居乐业的风景，夜深了几百人还在市政府大楼前幸福愉悦地跳广场舞，予人魔法世界般的观感。

不过，从马尔康沿大渡河之源脚木足河下来，白天可见的星罗棋布的村寨，晚上大都黑洞洞的。次仁说是老百姓为了省电而不开灯。像丹巴这样的县城也颇昏暗。我们经过的一些乡，看上去仍贫困凋敝，不少年轻人衣着简陋，无所事事坐在街头。所以在贫困的川西，发展仍是第一要务，可以期待，未来水电站的建设仍会快马加鞭。

最近，又传出白鹤滩水电站将开工建设的消息，其位于四川省宁南县和云南省巧家县境内的金沙江峡谷段，总装机容量达一千六百万千瓦，仅次于三峡电站。

川西水电建设也会显现另一戏剧性。据新闻报道，曾有一名叫刘汉的人，在藏区阿坝州建水电站受阻，给一个叫周滨的人股权后，迅速拿到批文。他建了两座电站，转卖给了香港人和国企，从中获丰厚利益。另有一个叫吴兵的，跟一个叫郭永祥的官员熟识，战胜众多实力对手，拿到石棉一座水电站投资权，该站一年发电收入九亿元，但他并不打算兴建，也是转手卖给国企，立马获利十亿。这些人现在都在监狱里了。这是中国反腐形成“压倒性态势”的结果。

此行还有一些印象深刻的。一是路边店，大都是吃饭的，丛林般的牌子，随新建公路而起，公路也是投资拉动的一个范本。沿线农民除了外出打工和开路边店，似乎并没有更多的收入来源。另一是日本车。似乎日本车才最适应川西山路。就像前往日本购物的旅游者一样，次仁司机也满口是对日本制造的赞誉。

中国的确是适宜创作科幻的国度，但你必须旅行。大渡河之行让我想起潘家铮，他曾任中国工程院副院长、两院院士、全国政协常委、国家电网公司高级顾问，是三峡大坝总设计师。他同时是一位勤奋的科幻作家，一生写了上百万字科幻小说，其中一篇叫《子虚峡大坝兴亡记》。

在小说中，潘家铮设想，水电站大坝当然应该用水来制造。他想象用先进技术改变氢氧原子间的距离，从而改变水的容重、熔点、强度，把它变成另一种物质，名为“水晶土”，这样就能直接利用江河，两天之内便可以灌筑一座四百米的高坝。恍若一夜之间矗立起来的大渡河或金沙江上的水电站，不正很像是这样的作品吗？

但潘家铮用他的笔，让那座大坝在两天内垮掉了，连总设计师和他的女儿也被凝固的江河杀死。这位水电站设计大师的心里，藏着多少对水坝的悲凉呢？今年，潘家铮离开我们五周年了，他的那些科幻也像库区老路老宅一样沉没了，或许有一天连记忆也不会有。

因此，我这次旅行所怀念的，其实又并不是大渡河上的水电站。

（二〇一七年二月二十七日）

科学与政治，谁更有意思

一、广东普及科学，观众络绎不绝

四月十四日，我参加完下午北京三联书店的《一九八五》讲座后，即乘南航空客三三〇飞广州。这次是应小谷围科学讲坛之邀，到广东科学中心，与王晋康老师一起做关于二〇一二世界末日的讲座。

飞机到达广州新白云机场已很晚，我打的到城区的广东科学中心，花了二百元车费。快半夜了，中心工作人员李益还在等我。他们非常认真，早早约定这次讲座，而共同主办方《南方都市报》的记者石静莹还提前在电话上对我做详细采访，并把 PPT 要去试放。

我和老王的讲座总共不过两小时，仅我一人的来回机票费就是三千六百元，加上报销打的花费，还有住宿（住在科学中心，条件很好，相当于四星级宾馆），还有别的费用等，加起来，我们两人这次至少花掉一万多元。如今，中国科幻作家也能享受如此高的待遇了。说实话，这些钱我觉着花得还是很心疼的。国家要是把更多的钱用在科幻上就好了。听说外国政府就有把科幻作家请去做决策咨询的。

我很久没来广州了，这座城市变得十分漂亮，奇花异草，高楼大厦。本是阴天，骄阳却忽然放出，世界一片洁净。另外就是白云机场很不错，很像个城市的机场，而首都国际机场则像个城乡接合部的大集市。

广东科学中心的宏大壮丽和现代化也让我吃了一惊。它占地十三万七千平方米，主体建筑就跟一个空港似的。在全国，大概只有北京、上海的科技馆能与之媲美。园区内绿树成荫，很像某些省市专门用来接待首长的迎宾馆。它坐落在广州环境最好的小谷围岛上。旁边是珠江，周边是大学城。三年多前，省政府斥资十九亿元建成了它。也就是说，当重庆忙于唱红打黑、忙于花费亿万元把银杏从外地移植来代替本地的黄桷树的时候，广东静悄悄搞出了这么一个科学中心。

除了我和老王参加的小谷围科学讲坛讲座，中心还在举行别的活动，比如与美国自然历史博物馆合作的大脑展、创意机器人教师培训活动等。

一大早，便见到很多学生络绎不绝来到馆里参观。该中心每年接待一百多万人。目前的主要问题是地铁没有通达，交通还不太方便。

这是第六十五场小谷围科学讲坛，它每周一次，请来某个科学领域一流专家学者，结合某个社会热点做讲座，同时通过《南方都市报》等报刊扩大传播效应。

二、民主需要理性，权力大于科学

我和老王讲座的现场，来了几十位年轻科幻迷。广东市场经济发达，但科幻氛围却不算浓厚，只有三个科幻协会，分别来自珠海的中山大学分校、广东外语外贸大学和华南理工大学。中山大学本部原来有，后来解散了。

科幻迷十分热情，有的是从深圳赶来的。照例是签名、合影。华南理工大学还带来了会旗展示。有一位叫叶霄凌的，送我三本阿西莫夫相关的英文原版书作为礼物，版本十分珍贵，有一本是一九四二年的。

王晋康讲得很现实而不很科幻，体现了强烈的忧患感。他驳斥了关于二〇一二世界会毁灭的传言，同时说，“我不是乐观主义者，灾难要与人类文明始终相伴，与宇宙相伴。宇宙诞生于灾变，组成我们的元素来自超新星爆发。灾变是必然要发生的。月球上密密麻麻的陨坑便是灾难的见证。我的新长篇，给杞人立了一个纪念碑，他是真正的先知。人类永远要面对灾难。科学征服的疆域越来越大，我们就要面对更多不可控的灾难。”

他认为有五种很现实的灾难在严重威胁人类，分别是气候变化、淡水缺乏、超级病原体、有毒食物、未知灾难。灾难的特点一是不可测知，二是不可控制。

我讲了科幻中的种种世界末日，以及我个人对此的一些认识。大致有三种世界末日：天上的，地上的，人间的。但具体来讲，有九九八十一种末日。最恐怖的是心灵的末日，比如剥夺你的自由，让人生不如死。

我认为，人类要避免末日，首先要讲科学。科学能够帮助我们抵御自然灾难，能够帮助我们壮大经济基础，也能让我们变得理性起来，从而促进民主。作为口号，科学是排在民主前面的。中国不乏空喊民主的精英，但缺少像布鲁诺那样的人。

王晋康对我说："很多以前对民主满腔热情的人，现在都有些失望。民主需要全体人民是理性的。"

不过，科学如果与政治结合在一起，往往又是恐怖的。中国在这方面还有巨大潜力。

随后，回答了提问。有人问：如果灾难现在发生，科学中心的幸存者们，首要做什么？我说是搜集情报。

论坛很愉快也很轻松，大家讲科学，谈幻想，聊文艺。与头天下午在三联书店与刘苏里余泽民讲革命谈自由说民主的那种沉闷烦躁相比，完全换了一种氛围。我还是更愿意跟科幻迷这个群体在一起，这样至少我会老得慢一些。

当然了，一个结论便是，政治实在是不如科学有意思。

但为什么那么多中国人热衷政治却不爱好科学呢？因为他们感到不安全。他们也不相信科学能给他们带来安全。他们只相信权力能给他们带来安全。

《南方都市报》对这次活动做了详细的报道——《科幻名家在广州分享"末日"：消防队负责烧书》。

三、参观科学中心，未来值得相信

中午，中心和南都的几位年轻人请我们吃饭，又聊了很多科学话题。王晋康和我建议广东科学中心申办世界科幻大会。他们似乎表露出兴趣。我们请他们与四川的《科幻世界》联系。

随后，参观科学中心。它门前的广场上，是一个壮观的各国熊猫俑组成的军团，由中国熊猫率领，向五星红旗致敬。科学中心有三层。有许多体验式的设备，人们通过各种现代声光电手段，感受科学的魅力。场面颇有科幻感。

墙上有爱因斯坦的格言：想象力比知识更重要。还有爱默生的格言：人们喜欢猎奇，这就是科学的种子。

在机械馆，王晋康说，这正是他的本行。老王兴致勃勃，与讲解员聊得很欢。

在航天馆，很像到了外星。

一个男孩在往人体模型里装填“内脏”。而旁边的女人的“器官”扔了一堆，焦急地等待人来把它们装起来。

一个女孩在观看妈妈生孩子和胎儿发育的过程。

王老师看得非常高兴。

墙上贴着二十一世纪开辟的重要科学技术领域，以及二十世纪的重要科学发明。这里面没有一样是中国人搞出来的。

中国有两百多万科学研究者，数量列世界第一，但当邻国日本都获得了好些诺贝尔科学奖后，我们却在基础科学的突破和原创上，没有太多斩获。改革开放三十多年了，这是为什么呢？不过，最近在大亚湾进行的中微子实验，已被国际科学界认为是中国在基础物理上为世界做出的唯一突破性贡献。

由于见到如此多的大人们带着孩子参观，我似乎又感到中国有了希望。以前，像这种展览馆只是美国才有。中国的科学会振兴的，因为中国很科幻。

返回北京的波音七七七客机晚点。前天，广州暴雨冰雹，机场管控，一些乘客赤膊冲到滑行道上，阻扰飞机。今天天气很好，但据说是北京管制了。

幸好我手上有了阿西莫夫。我身边的胖子女乘客则一边喝咖啡一边睡着了。

不久，起飞了，宇宙的神秘就在窗外徐徐展开了。

（二〇一二年四月十七日）

时代已逝，借科幻寄托于虚无未来

八月十七日。整天，参加上海国际文学周和上海书展的朗读接力。上海堵车，司机倒车时与一车撞，对方是北方口音，两百元不干，上海司机争不过，赔四百元。

到上海展览中心，先见到上海书展副总指挥彭卫国，介绍情况。说，文学周已经七届，请来了六位诺贝尔奖得主。今次书展有五百家出版社，十万多种书，九百五十场阅读活动。本届书展主题是“科幻”。（上海是中国科幻的发源地。）

腾讯派出四组人，十小时连续直播朗读。当当也参与。当当的文艺类图书销售量，上升了百分之二十五。

到展览中心喷水池前，看叶辛朗诵自己的作品，用了贵州方言。亲王马伯庸也来了，读了废名的作品和自己的新作《草原动物园》。

又驱车，至上海市作协办公地，见到金宇澄，着装甚潮。对门框镜整理。很有气度的男性。高个子。介绍院子情况，本来是实业家住宅，有意大利购的古罗马形态雕塑，花匠埋于地下，避于“文革”之灾。又上楼，楼被藤蔓披覆。编辑部，《收获》，《上海文学》，《萌芽》。仍然乱糟糟堆满小山一样的各地投稿，好像回到二十世纪八十年代。

金宇澄朗诵的是鲁迅《且介亭杂文》。

又至上海文艺出版社，洋楼，原上海市长张群住址。走走至，一袭白裙。我误会为旗袍。她介绍了这条路上的风景和历史。都是咖啡馆与文人，她可以一杯咖啡一本小说，整一天，读陈丹燕。说现在路两边停了车，没有车，会更好。又倚雕花玻璃窗朗读何其芳的《预言》。这首诗让人感动。走走说，文学带来生命的力量。

至巴金故居，很大院子，有猫。电子屏上也放猫本尊，还有巴金在院子里散步的录像。徐则臣来。说来到现场，才感受到巴金的精神体温，不是纸上的。巴金不仅是对文学的理解，还是对世界，对人——加引号和不加引号的人——的理解。这个文学，让人感到世界不那么虚无。

巴金居室里，不让拍照。但因为做节目，便拍。有怀念萧珊的手稿。“文革”时期写下的字。有巴金一行手迹：“不让历史的悲剧重演。”

又至虹口，在山阴面馆吃饭。步行去茅盾故居，牌子已摘。他住二楼，一楼改为酒馆，叫“二闲”。后来李敬泽来，认为可改为“子夜酒吧”。

他与黄德海谈到茅盾长篇小说《子夜》，认为是早期的成熟经典。他朗读了《子夜》开篇，文字就像一幅油画。

李敬泽说，那时的人，如此年轻，如此宏阔，如此有视野，如此有野心。

又参观旁边的鲁迅故居，他死在这里。有玩具，有家具，书桌，他死的床，有他的药。一切如旧。回到二十世纪三十年代之感。有一股阴气。庄重的男性讲解员言必称先生。

一所警官学校的学员，也由老师带领，做现场授课。老师颇有文化素养，对鲁迅很了解。

又去鲁迅纪念馆。李敬泽与金宇澄接力读《野草》。《野草》写得太好了。那时的人，怎么是那样的呢。一个群星涌现的时代，一个充满表达的时代。

时代成就了他们，而时代并未把自己给予他们，最后把一切毁了。

遇上海电视台的记者，要采访我，补诵鲁迅的作品。我读了《月界旅行辨言》。但是，太文言，又补了《呐喊》。其中有讲到中国人是看客、医学无法疗救精神的那部分。我在写《医院》系列，对此心有戚戚。

再去左联会址纪念馆。我读郁达夫的散文。这个革命文学家的文字很忧郁甚至颓废。程小莹读殷夫的诗。很好的诗。今人写不出。

我本来想读巴拉德的《摩天楼》，他也是上海作家吧。故居在番禺路上。但后来这被陈楸帆读了。

又有电视台采访我。对左联的感受是什么？我说，是年轻。我想用反叛二字，但还是用了创造和挑战。《建军大业》讲的也是年轻和反叛。但现在的年轻人，很多已无那样的锐气。所以《战狼》走红。

我感到深深的失落，不是文学的逝去，而是一个时代的逝去。

留给我们的，是皮毛、鸡毛。

故此科幻复兴，寄托于虚无缥缈的未来。

日程上原本有张爱玲旧居，但后来取消了。换了柯灵故居。我没有去。

我还想参观另外的人的故居。

整个上海，暑热，但遍街梧桐，遮天蔽日。城市有条不紊。精致，现代，文化。

（二〇一七年八月三十日）

时间旅行之道

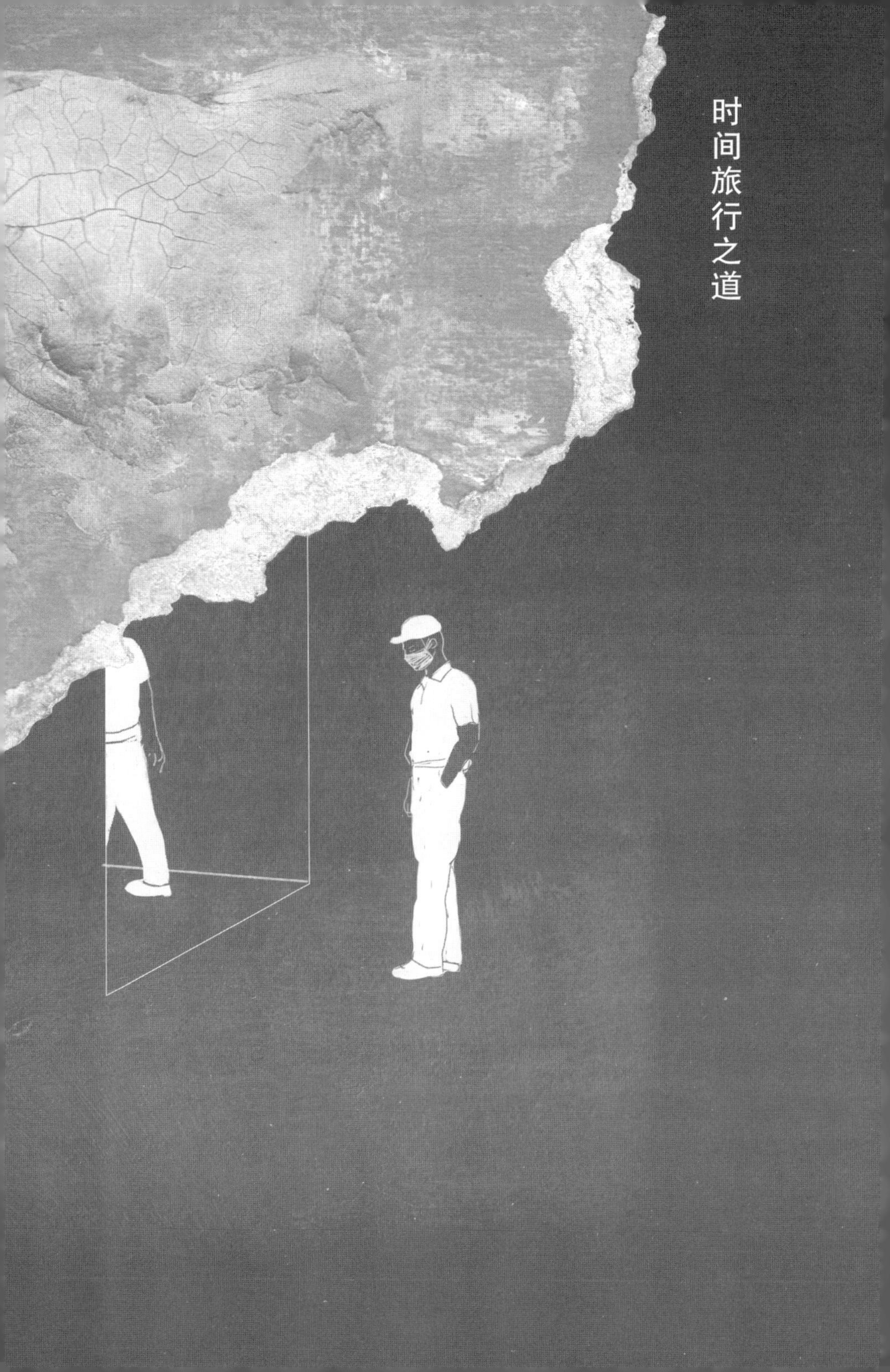

韩信的抉择

估计加上盗版,《寻秦记》现在的销量已突破千万册,这真是奇迹。《天意》则被称作大陆版的《寻秦记》,据说,首版三万册一个月内也销得十分不错。在科幻网站上,《天意》频频出现,读者讨论热烈。

一、科幻的历史情结

《天意》选取了一个惯常手法。与《寻秦记》一样,它也把故事背景设置于秦汉,尝试对这段历史进行"修改"。这似乎反映出中国科幻小说家的某种意趣。西方也有大量"颠覆历史"的小说,但是,销量最大的,却不是这一类。

由于此种小说在中国读者中广受欢迎,这就暗示着,以历史做背景的科幻小说,较之那种完全天马行空、描写外星人或机器人的,在中国更有商业上成功的可能么?

以前已看到了一些,如姜云生的《长平血》。比较类似于《天意》的是张劲松早前写的一篇,纳粹分子被派到鸿门宴上刺杀刘邦,结果被樊哙干掉。在刘慈欣的《西洋》、潘海天的《偃师传说》以及拉拉的《春日·云梦泽·昆山》等作品中，这种意趣也都得到了很好的反映，并吸引了大批读者。

让我感兴趣的是，当代人为什么会迷恋一种虚拟的历史呢？一种解释是，这或许是因为中国历史太长，而对它的诠释又不满意，因此总是试图修改吧？在电视剧和电影中，产生了戏说一类东西，而在科幻中，则是借助科学的力量，比如时间旅行等法术，把虚假的历史变得真实。

这种看似荒诞的假设后面，是以现代物理学的探讨做出发点的。历史本就是多头演进的吗？光速可以逾越吗？那样或会回到过去？这后面涉及复杂的因果律悖论。这方面已说得太多了。

《天意》中，外星生物降落在地球的大海上，海水腐蚀了飞行器，不再能返回太空。外星生物改变自己命运的办法，是试图让时间弯曲，回到过去，重来一次着陆。他希望这次着陆不要落在海面上，这就需要在大海中填出一块陆地来。因此，他就找到了刘邦、项羽和韩信来助力，也就演化出了整个故事。在这个意义上讲，《天意》的整个情节，是由科幻推动的。但复杂的是它的社会学含义。

二、人应该忠于哪一段历史

作者的关注点，无疑在于对秦汉历史重新做出解释。她认为，有可能存在一种外来的宇宙力量，它影响着历史进程。

秦始皇、项羽、刘邦、韩信这些人物之所以产生，并鼓荡起历史风云，根本上是因为这种神秘力量的选择。由此，未来的箭头才被改变了。换句话说，如果不是这种外来力量的干扰，是存在一个“本来”的中国历史的。嬴政和刘邦都当不成皇帝，韩信也做不成英雄，大家都过着平民的生活，甚至原始而野蛮的生活。这样的中国是难以被接受的。

让人感兴趣的是对历史的质疑。一方面，是现实中的商周断代，致力于使历史更加精确，不容置疑；另一方面，在文学和影视中，疑问却屡屡生成。它反映了对现实中不确定性的焦虑吗？

总之，历史就这样被“覆盖”了。真正的“中国史”我们是不知道的。这就是科幻使许多人感到困惑的一种原因。它给读者留下了疑虑：如果真的是这样，那么，我们应该忠于哪一段历史？或者，我们应该怎样去迎接未来？

忠于本应发生，或者实际上已经发生、却被覆盖了的那一段历史，还是现在进行着的、被修饰的这一段历史？这是摆在《天意》中韩信面前的难题。一方面，要阻止外来力量对历史的干预，然而，一旦阻止了这种干预，恢复了“真正的历史”，则现在的韩信没有了，也没有了汉王朝、唐王朝……没有了如今正在重新崛起的中华文明。

要解决这样的悖论，韩信看上去只有一种选择。他要保证已经发生的一切不变。这既是韩信自身存在的需要，更是中华文明发扬光大的需要——秦汉文明，由于外来的干预，它已是当时世界上最先进的文明。它没有理由不继续下去。这后面一定隐藏着作者对当今中华文明的一种自傲吧？

这是最冠冕堂皇的理由。正因为韩信对龙羲的那一击，才有了我们的现在和未来，中华文明才成了世界上唯一不曾中断的文明。作者的理念是积极的，那就是应该忠于当下的历史，要珍惜现在，不要太多去抱怨以前究竟发生过什么，不要试图颠覆历史。这才能使我们的短暂人生完整并充实。

这也便是《天意》中这么一句耐人寻味的话：“不要再挑剔了。我们就生在这样一个时代，只能在这些人里选，汉王已经是最好的了。”

但是没有完。更多的思考是什么呢？是活着的价值问题。“只有活着，才是最真实可靠的”“世间的一切，正因为终将失去，才显得珍贵”“现在的你，未必是将来的你；现在的决定，也未必会成为将来的决定”，《天意》中这些话语，让人起了更多沉思。

对现世的留恋，贯穿了《天意》全文。它又来自于韩信对永恒的怀疑。韩信因此销毁了足以保持其统治力的芯片，也不愿与季姜去到未来，而只是甘于在现实中禀领一死。

三、长生的阴影

与此相对应的，是作者对长生的质疑。长生的问题，始终是《天意》中的一个主题。从彭祖这个关键人物的反复出现，到秦始皇的求道，一直到韩信派遣季姜去到二十一世纪，都暗含了长生的理念。长生不老（科幻中的一个经常性主题）正是那个险恶的外星人用来诱惑地球人的把戏。

它使韩信试图忠于的这个当下，常常被长生的阴影笼罩。长生在这里的含义就是，把过去和现在，一成不变地延伸到未来。未来实际上是历史和现在这两具躯体上长出的一块疣瘤，而它本身的价值将因此大大打着折扣。

在我看来，《天意》营造的最大恐怖，便是秦始皇对长生的苦苦追求。他试图寻找一种不存在变化的未来。因此，忠于现在的历史，就演变为忠于过去的历史和未来的历史。这是让人不寒而栗的。

秦始皇的虚妄在很长时间里是受到批判的。但与时间弯曲一样，长生不过就是一种应用技术。随着基因工程的进步，随着人体冷冻术的开展，长生不再是一个虚无的话题。秦始皇悖论因此是一个很严肃而现实的课题。《天意》的作者一方面肯定当下的意义，肯定人对命运的自主选择，一方面却并不看好当下能够一成不变地持续，不认为人能凭一己之力掌握未来。"现在的你，相信命运掌握在自己手中；将来的你，会知道什么叫天意难违。"这里面暗含着什么样的矛盾呢？

以上讲了这么多，是想说明，《天意》是一部关于文明以何种方式在时间中延续的小说，或者，努力试图探讨文明兴亡的小说。在它的通俗表述中，能够读出很多大意，包括那些引人思索的警句。这都加深了小说的复杂程度。在某种意义上，它比《寻秦记》更加耐读，也更具现代的真实感。读者从字里行间，常常能找到自己。

四、长篇时代

我们常常引用西方的先例，认为科幻小说应该从杂志的中短篇时代，进入长篇时代，这才是科幻的真正兴奋期。

最近，一系列作品的产生，似乎使人或可看到这样的征兆，如刘慈欣的《超新星纪元》、王晋康的《类人》，还有就是这部《天意》。这些小说，还存在着这样那样的不足，但是，它们开始成批出现，并拥有较多的读者，这是最值得期许的。

长篇时代的来临，会对科幻迷造成较大影响。虽然，秦朝确实出现过，韩信并没有派人来到二十一世纪，但我们会花更多的时间，沉湎于虚构的历史。事实上，自二十世纪九十年代以来，新一代人已把大量的时间用于与虚幻世界相处了。离开了它是无法活下去的。

会不会在现实中，我们终会以为也有一段历史是被覆盖了呢？这是可能的。玩多了电子游戏，就会用里面的规则来看世界，把很多现实中的规则看淡看轻。这不是说新一代人产生了幻觉，而是现实就是这样的。那么，我们究竟应该忠于什么呢？

（二〇〇四年四月）

时间旅行之道

夏日的某一天，我参加了科学松鼠会一个关于时间旅行的观影会，探讨去到过去或未来的可能性。科学家总结出来了几种方法，比如通过虫洞、黑洞、以近光速旅行等。我觉得时间旅行应该是艺术的，因为它一定是与自由意志有关的。但会议有很强的目的性，我从居住点赶到会场，花了两个半小时。这中间精疲力竭，汗水淋漓，丝毫没有自由可言。待到达会场时，我强烈觉得，由于宇宙中目的论的存在，时间旅行是不可能发生的。讨论时间旅行意味着艺术的崩溃。但有意思的是这个会议却是在北京七九八艺术区举行的。

实际上，我们每天又都在进行时间旅行，有的时候，还很像时间管理局的工作人员。比如有的历史事件，我们不允许它发生；有的虽然发生了，但不允许它们进入观察者的眼睛；有的虽然进入了观察者的眼睛，也要想办法把它变成另外一件事情，等等。所以，篡改历史就是时间旅行。这不仅需要技术，更需要艺术，很高超的艺术。

在那个观影会上，科学家们最终拒绝了考虑时间旅行的可能性。但他们说，他们虽不进行时间旅行，但能看到遥远的过去，比如，看到一百三十七亿年前的宇宙，因为光线一秒钟只能走三十万公里，所以等它们到达地球时，我们看到的只可能是远古宇宙的遗骸。那么，根据这个逻辑，我惊诧地看着台上的科学家们，他们坐在距我一米开外，而光线走过这段距离，大致需要 0.00000000333564095 2 秒。这么短的时间也是时间啊。我看到的人类，不也只是一些存在于过去的遗骸么？我又想到，即便在这么短的时间里，只要科技足够先进，我就可以改变历史，在真实与虚假之间，竖起一个屏障，好进行欺骗。这不又是艺术了么？

所以，讨论时间旅行，一方面意味着艺术的崩溃，但另一方面，也暗中成就了艺术。艺术假时间之名才得以存在。艺术本身就是打时间差的。每一件作品只能以完成时态与观众见面。它们之所以宝贵，就在于与我们之间有着时间的间隙。艺术的本源是时间。一幅画的好坏，就在于看它怎么处理时间，也就是把时空四维变成空间二维。普通的画家，把空间三维变成空间二维，透视技术练过关就可以了。但是，要把时空四维处理成空间二维，那就是大师才能办到。更厉害的人，应该是能处理更高的维，比如超弦理论讲的十一维。这样的作品寻常人会说看不懂。所以绘画艺术很奇妙，是一种维度转换艺术。艺术的绝妙性就在于，在不可能的时间旅行中，创造了时间旅行，或者说，把时间旅行变成了艺术。从审美角度讲，好的艺术家一定是高超的时间旅行家，他们不需要虫洞、黑洞或高速飞行，从而把科学家排斥在了创作之外。

在这个意义上，中国人都是艺术家，他们一向善于时间旅行——坐地日行八万里，跑步进入新世纪。有一篇小说，叫《登月自行车》，写中国人早在二十世纪六十年代的动荡岁月中，就把自行车改造成了登月飞船，飞上了那颗星星。这看似空间旅行，其实还是时间旅行，因为它超越了那个荒谬时代。那么，这个自行车，还是不是一个科学技术的发明呢？不，它成了一件艺术品。当然了，现实一点来看，自行车是无法登上月球的，因此，艺术是无用的。只有觉得自己是一个无用无聊的人的时候，只有度日如年的时候，或者觉得时间漫长得活不下去而想到要去自杀的时候，才能创作出最好的艺术作品吧。很奇怪的是，在电影《二〇一二》里面，中国人在西部大山里制造的竟不是时间机器，而是方舟那么笨重的东西，这就是美国导演的胡闹了。

但这可能意味着，在科学时代，艺术家正在丧失时间旅行的机会。科学让时间旅行从理论上讲成为了一种近似对完美与和谐的追求。但艺术偏偏要打破秩序，破坏规则。所以，我并不看好艺术在时间长河中的作用。实际上，只有掌握一定权力的人才能进行时间旅行。艺术家在这方面是缺乏天赋的。

（二〇一〇年八月一日）

中国科幻的过去三十年和未来三十年

二〇一三年，全球华语科幻星云奖在刘慈欣家门口举行，是一个分水岭。今年是一个特别的年份，三十年前，一九八三年，中国科幻挨批，被打成“精神污染”和“伪科学”，一蹶不振，全国不准写科幻，不准发表和出版科幻，郑文光、叶永烈、童恩正、刘兴诗等主力科幻作家纷纷搁笔不写科幻，转写其他。这是中国科幻的黑暗年代。多亏杨潇、谭楷等《科幻世界》前辈的坚持，才为中国科幻保留了一星火种。

二十年前，也就是一九九三年，邓小平南巡之后的一年，成为中国科幻重装上阵再出发的一年。那一年，王晋康凭借《亚当回归》夺得中国科幻最高奖银河奖一等奖，自此，科幻“新生代”集体登场，吴岩、星河、杨鹏、杨平、柳文杨、潘海天、苏学军、刘维佳、周宇坤、赵海虹、凌晨等叱咤风云，直到一九九九年，刘慈欣凭借《带上她的眼睛》夺得银河奖一等奖，一代人合力创造了一个灿烂新纪元。

二十一世纪门槛上，中国加入世贸组织前夕，刘慈欣又凭借《流浪地球》夺得银河奖特等奖。大约十年前，二〇〇二年，《科幻世界》为新生代每人出一期专辑，进行了蔚为壮观的总结。这成为中国科幻的黎明时期。特别是二〇〇六年《三体》开始在《科幻世界》连载，一直到二〇一〇年《死神永生》出版，到今年译成英文，中国科幻迎来了朝阳时代。

这一阶段，科幻理论研究也突飞猛进，特别是北师大吴岩教授做出大量开创性工作。另外，图书引进，科幻迷组织发展，社会对科幻的关注，包括国际社会的兴趣，以及主流文学界和其他行业与科幻的互动，也都前所没有。尤其是董仁威先生等人创办全球华语科幻星云奖，大大推动了科幻发展。

在我看来，过去三十年，是忍耐、坚持、奉献、学习、积累、奋斗、发展、创新、爆发的三十年。但要看到像中国发展的初级阶段特点一样，中国科幻的水平总体上还比较低，与西方的差距，就像中国的科学技术与西方的差距一样，尚需长期艰苦努力才能跨越。

我对中国科幻的未来三十年表示乐观。大环境看，今年，是中国新一轮全面深化改革的元年，是中国梦的元年，再过三十几年，到本世纪中叶，中国要基本实现现代化，包括工业化、信息化、城镇化、农业现代化，包括创新型社会。这都是领导人提出的目标，说明我们将迎来面向未来可以有所作为的三十几年。西方也曾经历同样的现代化过程，而那正与一个科幻黄金时期匹配。从熵增观点看，现代化必将全球扩散。展望中国科幻未来三十年，或有如下可能：

一是新人类代替旧人类。今年星云奖是八〇后全面主导的第一届。一九七八年后出生的新一代取代过去五千年的数十代，“硅一代”取代“碳一代”，从此一切不同；

二是复杂性将成为科幻主流，唯有复杂才能涌现出奇观；

三是新科技革命、新工业革命进入人们生活，中国基础科学向诺贝尔奖冲刺，将为科幻注入新活力；

四是全球化加速背景下，《三体》获得雨果奖，带来新一次科幻高潮；

五是中国科幻电影将随“华莱坞”的崛起而崛起；

六是科幻界一批年轻博士陆续参加工作，科幻学术理论研究将不断创新，在思想层面上提出最惊世骇俗的观点，打破中国的沉闷；

七是科幻与中国本土文化更融合，发现新题材，创造新流派，改造旧文明；

八是更多人将以享受科幻为日常乐趣，科幻进入更多产业和领域。

这也是整个中国社会变迁的必然。此过程将促动整个民族思维方式由传统向现代的转变，对中国的现代化产生潜移默化的推动作用。当然还有诸多不确定因素，如中国整体政治文化环境走向封闭，经济发展潜力耗竭，年轻人陷入绝望，与邻国爆发战争，社会发生动荡，新技术变革将阅读体验扫入历史垃圾堆，等等，都会对科幻发展带来不可测的影响。

因此我们仍要以艰苦奋斗精神，争取科幻的积极发展。科幻代表了想象力，代表了科学，代表了创新能力，是一个文明能在宇宙中走多远的标志。

我期待二〇一四年的到来。这是中国最早的原创科幻小说，也就是荒江钓叟先生创作的《月球殖民地小说》发表一百一十周年；是新中国第一篇科幻小说，即郑文光先生创作的《从地球到火星》发表六十周年。我期待明年北京果壳互动科技传媒公司赞助并承办星云奖取得更大成功。我也期待中国基本实现现代化时，中国科幻将站在全人类的巅峰。

（此文为二〇一三年十月四日在第四届全球华语科幻星云奖高峰论坛上的发言。二〇一五年，屠呦呦获诺贝尔生理学或医学奖，刘慈欣凭《三体》获雨果奖。）

科幻圣地娘子关

石太高速公路，刚出河北，甫入山西，娘子关的路牌标志忽现于前，刹那间，意识到此地对于宇宙的意义，极为震撼。此一带，天空灰翳，阳光难以透入，多黄土丘陵，诸多山崖似寸草不生，难以稼穑，树上连鸟巢亦无，建筑多土砖屋及窑洞，多煤厂及火力发电厂，黑烟滚滚，空气中饱含煤渣味，沿途皆是运货大车，不乏运煤的，运易燃爆化工品的，如史前巨兽纷纷奔过。哦，刘慈欣就是“藏”在这样一个地方，写出了他那些惊天地泣鬼神的文字，令人感慨不已，不服不行。这等偏僻贫困落后之处，成长起了中国最了不起的科幻作家，实可证明中华民族那生生不息的伟大生命力和创造力。看着车窗外掠过的荒凉景色，似乎听到了三体人飞船穿过地球大气层发出尖啸声。沿途，又见到无数“晋 K”牌照的车辆，便进一步想到了住在毗邻山西的河南省的王晋康。二位大师皆生长于中原华夏文明源远流长之核心地域，却远离繁华大都市。一在火力发电厂，一在石油机械厂；一在煤都，一在油都，皆是资源能源的枢要产业。此正是这个世界、这个国家、这个民族最稀缺、最要命的产业，深刻代表了一百多年来，吾国所追求的工业化（或现代化）的核心主题。他们的文字背后，必定是与此相关的，触动了我们民族生存的命脉（附带说一下，何夕最打动人的作品也是这方面的，如《伤心者》《六道众生》《田园》等）。过娘子关的一刹那，我终于明白了，幻想生发于贫瘠、创痛和追赶。中国科幻的命题，至少在当前乃至今后很长一段时间，绝非博尔赫斯那种后现代之类，亦非奥威尔所要揭示的社会人文内核，或者勒瑰恩大婶唠唠叨叨的人类学关怀。待在北京上海广州等大城市里的作者们，恐怕难有真切铭心的体会。什么是中国式科幻？请来山西娘子关看看。因此，此番经过刘慈欣工作、生活和创作之地，顿生朝圣般的感受。

五一假期，我在海淀图书城购到了《微纪元》(今年早些时候已从当当上购到《时光尽头》)，重新阅读那些读过多遍的大刘小说，愈发心潮澎湃。这本书的腰封上写道："中国科幻第一人，八届银河奖得主，世界水平的科幻名家，刘慈欣最经典作品，离奇的预知，隐喻的担忧，刘慈欣通过作品为人类的未来生存扎下疫苗，因为有了他，中国科幻有了自己独特的品质……"说得非常好。只要仔细阅读《微纪元》和《时光尽头》这两部小说集，就可以发现一个事实：科幻中几乎所有重要的主题，从最庞大的到最微观的，从最宇宙的到最地球的，从最海洋的到最太空的，从最物理的到最生物的，从最现实的到最虚幻的，从最未来的到最古代的……都被刘慈欣一个接一个写到了（当然，应该承认，有一些题材并不是他最先想到的，比如《流浪地球》的主题，黄海写过；比如《带上她的眼睛》的主题，潘家铮写过。但大刘却是写得最优秀的，最美丽的，最宏大的，最残酷的，最真切的，或者，在中国，他是第一个这样写它们的）。因此，在经过娘子关时，浮上我心头的是这样一个无情但实在的想法：至少在未来十年里，其他的中国科幻作者面对大刘（如果再加上老王和何夕的话），大概只能做一些拾遗补阙的工作吧。“天不生仲尼，万古如长夜。”这也正是我发自肺腑的想法——人类应该向刘慈欣致敬。

（二〇一〇年五月六日）

穷人和富人不再是一个物种

或许，社会上还没有人去推演贫富差距发展下去的极致——除了少数科幻作家。他们提醒，使种种消除贫富差距的努力成为泡影的，有可能不是经济发展的失衡，而是教育的革命。

刘慈欣的新作《赡养人类》便描述了这番情形。这位电脑工程师在小说中写道，高等教育费用日益昂贵，上大学已渐渐成了精英子女的特权。但这毕竟还是有限度的。终于有一天，教育忽然发生了根本的变化，一个技术飞跃出现了：人的大脑中会被植入一台超级计算机，它的容量远大于人脑本身，它存储的知识可变为植入者的清晰记忆。但这只是它的一个次要功能，它是一个智力放大器，可将人的思维提升到一个新的层次。这时，知识、智力、深刻的思想，甚至完美的心理和性格、艺术审美能力等等，都成了商品，都可以买得到——超等教育时代来到了。

这当然极贵，刘慈欣推测，未来一个人接受超等教育的费用，与在北京或上海的黄金地段买两到三套一百五十平方米的商品房相当。只是一小部分有产阶层能支付得起。社会中连通不同阶层的管道彻底中断了。完成超等教育的人的智力比普通人高出一个层次，他们与未接受超等教育的人之间的智力差异，就像后者与狗之间的差异一样大。

同样的差异还表现在许多其他方面，比如艺术感受能力等。于是，超级知识分子阶层就形成了自己的文化，而其余的人对这种文化完全无法理解，就像低等动物不理解交响乐一样。超级知识分子可能精通上百种语言，在某种场合，对某个人，都要按礼节使用相应的语言。在这种情况下，在超级知识分子阶层看来，他们与普通民众的交流，就像我们与动物交流一样简陋。于是，一件事就自然而然地发生了——富人和穷人已经不是同一个物种，就像穷人和狗不是同一个物种，穷人不再是人了。

这样一种未来，实际上，已经由一些西方未来学家做了描述，而刘慈欣只不过使其更加形象化了。这种结局，被称为“人类的第二次进化”：第一次与猿分开来，靠的是自然选择；这一次是与穷人分开来，靠的是另一条同样神圣的法则：私有财产不可侵犯。

那么，在这样的世界里，穷人会不会揭竿而起、推翻富人的统治呢？科幻作家的结论是：不可能。由于科技高度发达，以前的维持社会财富平衡、限制穷人数量的因素不存在了。穷人数量再多，也无力制造社会不稳定，就像狗的数量再多，也不能威胁主人的生活一样，最多只能制造一些需要费神去解决的麻烦。而未来世界要解决这些麻烦，从技术上看，并不是太大的问题。

进一步看，还有机器人的广泛使用，这使无产阶层连出卖自己劳动力的机会也没有了。他们真的是一贫如洗。这种情况的出现，完全改变了世界的经济实质，大大加快了财富向少数人集中的速度。最后，必然创造出一个资本奇迹：百分之九十九的世界财富掌握在一个人的手中！这个人被刘慈欣称作“终产者”，地球将变成由一个富人和数十亿穷人组成的世界。终产者的私人财产包括整个地球以及它的大气层。

对此我并不感到震惊或恐慌，甚至连悲哀也没有。未来还遥远着呢，中国人一般只看重过去和眼前的事情。就算拿人与狗做类比，又有什么呢？在很多人看来，这也不值得大惊小怪。进化的法则本身并没有人情味。何况，科幻小说只是精英的读物，或者，在中国，它只是儿童的读物，因此，并不是很多人能看到《赡养人类》。或许人们看科幻作家，才像是看狗哩。

有人说，幸好，可以寄望的是，历史不仅仅是科学的进步，同时还有着社会的进步。人类有可能建设一种防止超级知识分子和终产者产生的制度体系。这种体系的建立，不仅仅需要有刘慈欣这样的电脑工程师的参与，还需要有法律专家、社会学家和教育学家的贡献（前提是他们都开始读科幻）。但问题在于，这种体系的建立过程中，穷人仍然是难以参与的，因为我从来没有在田间地头看到过科幻小说的出售。

（二〇〇五年十一月二十五日）

小松左京：具有宇宙思维的岛国作家

二〇〇七年八月三十日晚七时半，日本横滨太平洋会议中心。第六十五届世界科幻大会开幕式在这里举行。横滨市长坐着一辆人力黄包车（象征节能减排）笑吟吟上场。他向首次在亚洲举办的世界科幻大会表示祝贺。随后，组委会主席井上博明先生介绍嘉宾。首先上场的是小松左京。他已七十六岁，不坐黄包车，而用轮椅推上来，看上去身体不太好。他用日语讲了半天，日本听众笑了半天，我身旁的立原透耶用中文翻译——小松左京说：可是，我还没喝酒呢！我还活着呢！……大会司仪宣读了日本外相麻生太郎的贺词。这一幕给我的感觉是，科幻在日本很有地位。而这与被称作“日本科幻灵魂”的小松左京是分不开的。他是把日本科幻、亚洲科幻推向世界的第一人。

次日晚，日本科幻协会在 BAY VIEW 为海外来宾举办欢迎宴会。小松左京坐着轮椅用英语发表感想，谈到当前世界的种种问题和科幻文学的作用。吴岩、姚海军、秦莉和我等人，作为中国科幻界的代表，被介绍给了他。老人亲切地与我们交谈，说这次会议很好的是，不仅有西方人，而且还有中国等其他地区的人参与。又握着我的手用汉语说：多谢，多谢。见到偶像，我激动得不知该说什么好。

小松左京一九三一年生于大阪，大学学的是意大利文学，毕业后当过记者。一九六二年走上科幻创作道路。小松左京与星新一、筒井康隆一起被誉为日本科幻界的“御三家”（三大名家）。一九九三年日本群马县业余天文爱好者发现的小行星便以小松左京命名。一九六四年，也就是日本举办奥运会那一年，他着手写作著名的《日本沉没》，并于一九七三出版，销量达四百万册，两度拍成电影。这部描写日本沉入海底的“末日小说”，在读者中引起巨大震动。今年，日本遭受大地震和海啸，电视画面上那一幕幕场景，跟小松左京近四十年前描写的，如出一辙。但他写的不仅仅是一场自然灾害，还对当时“崛起”之后作为“亚洲工厂”的日本深表忧虑，对日本消耗大量的资源能源、与自然界和社会形成紧张冲突的关系，提出质疑。他也流露出对人类命运的巨大悲悯与同情，使这部作品具有超越时空的力量。

小松左京的作品，最早是由新华社的《参考消息》介绍给中国人的。而早在一九七五年六月，人民文学出版社就“偷偷”出版了李德纯节译的《日本沉没》。编者在出版说明中指出，小说为资产阶级作家撰写，“是为一小撮军国主义势力向外侵略制造反动舆论”。为了“消毒”，书中还加入了长文导读，一篇是《伟大的日本人民永远沉没不了！——评反动小说〈日本沉没〉》，一篇是《世界末日思想和军国主义》。直到二〇〇五年，《日本沉没》的全译本才在《科幻世界》杂志的组织下，由四川科技出版社出版。它比早期版本多出十万字，恢复了删去的内容。

我第一次读到小松左京的作品就是《日本沉没》，是在二十世纪八十年代中期上大学时，虽然是删节本，但它仍给我带来很大冲击。书中，在幕后做出日本向海外全体移民决定的人，竟然是一位早年航渡到日本的中国老人。由此可见小松左京的中国情结。从他的书中我感受到，大和民族是一个有着强烈未来忧患感的民族。小松左京的其他一些作品，也带有这种色彩，比如《首都消失》，描述东京被怪雾包围，与外界阻隔，陷入灾难。

二〇〇六年，小松左京与他的工作室又出版了《日本沉没》第二部，“日本与世界如何共存”是小说的主题。该书表现日本沉没后幸存的日本人，散落世界各地，艰难求生，日本人与当地人发生种族冲突，新一代人面临国家认同危机，并爆发海洋、资源、环境及领土主权争端，日本与世界的关系极度紧张，而整个背景，是全球气候变化。我觉得这些也都是中国人当前面对的紧迫课题。

很奇异的是，今年七月二十六日傍晚，我心有所动，把置于书架上已多年的小松左京的《无尽长河的尽头》取下重读。后来才得到消息，先生于这天下午去世了。

《无尽长河的尽头》同样是小松左京的扛鼎之作，这部中文译本于二〇〇七年由李重民先生担任翻译和责编，在上海科学普及出版社出版。很难想象，身居岛国的日本人在二十世纪六十年代就写出了这样恢宏壮丽、心胸博大的宇宙诗篇。如姜云生老师在前言里所说，关于逆行宇宙（宇宙互为消长）、时间跳跃、人类逃离地球等，至今仍然是很新鲜的科幻话题……有的甚至还是令霍金那样杰出的天体物理学家绞尽脑汁却依然百思不得其解的科学命题。姜云生甚至把小松左京这部小说称为屈原《天问》的现代版。

姜云生说，小松左京的追求，在于一个东方/日本知识分子对宇宙人生千古之谜的探索。不妨读读书中这样的句子：

——那种事即使问了也是白问。为什么在无数星球中只规定某颗星球承载生命体？为什么唯独有着生命体的种类才要发展称为智慧的东西？

——为什么会有你、你必须在这里？谁能回答？

——所谓的虚无是什么？所谓的“时间”是什么？处在时间长河尽头的是什么？宇宙的终结是什么？

——还有，超越地面上爬行生物末端、在黑暗的内心里萌芽孕育出自我的，作为纯净而透明的薄膜可以扩散到与宇宙同等大小的意识，究竟是什么？

——超意识体是什么？难道是宇宙的神经？

……

这些也是我平时在狗苟蝇营、醉生梦死的生活之余想得较多的问题，恐怕也是隐隐居于不少地球人潜意识深处的难题，就像这部书那悖论着的书名一样：无尽长河的尽头。而在这部书中，很出人意料的，也是最让人感动的，却是小松左京以平静的语气探讨了平凡而渺小的人类的感情的何去何从，并把此作为故事的起始和高潮的结尾。与佐世子热恋中的野野村不顾危险，去探究“来自未来的干扰”，却遭遇宇宙中神秘力量劫持，忽然失踪，进而在八百亿光年宇宙直径、十亿年时空中探索人类存在的意义。佐世子面对野野村忽然从身边消失的这个事实，选择的却是在葛城山下独自等候，终其一生。直到耄耋之年，才等回来了已经失去一切记忆、同样成了老人的野野村。老头子老太太搭伴度过了晚年，老头儿整天倾心地听老太婆唠叨她自己的往事。两人的眼光在窗外那些小小的、朴实无华的、好像各自想要强烈唱出无声歌谣的植物和动物的身上一个又一个移动着，似乎终于悟到了生命的意义。小松左京对此情此景充满细节的描写感天动地、催人泪下。

在无尽的宇宙长河中，两个孤独的人似乎是突破了无法用言辞描述的巨障才相爱了。但有情人终难成眷属，这在恒河之沙的生命世界里，在连太阳和地球都要灭亡的星际中，不知多少遍地经常发生着，本不值得大惊小怪，我的心为什么还是被它打动了呢？

小松左京影响了我的创作，我的《地铁》《红色海洋》等，都有《日本沉没》的影子。我尤其感怀于他的警世意识，他所抒发的关于人类在宇宙中的渺小感和抗争精神。我希望更多的中国人也怀有像小松左京这样的未来忧患。

（二〇一一年八月）

一个欧洲共产主义者和他的科幻乌托邦

成立于二〇〇七年的挪威奥斯陆文学屋是欧洲最大的民间文学组织，在它三层楼的大厦里有一间专门的科幻书屋，收藏了三千五百册科幻书，语种包括英语、挪威语、法语、德语、瑞典语、丹麦语和西班牙语等。其中有不少苏联和东欧科幻小说。在奥斯陆文学屋的这个科幻收藏中，能找到几乎所有著名科幻作家的作品，从奠基时期到黄金时代再到后现代，一网打尽。我看到了威尔斯、凡尔纳、阿西莫夫、克拉克、布拉雷德伯里、冯内古特、波尔、莱姆、勒瑰恩、迪克、巴拉德、巴克斯特……还有许多名字，我亦叫不出。这里面，不少是孤本，以至于关于文学屋的介绍说，这儿的最大危险，可能是被盗贼盯上。

奥斯陆文学屋的负责人阿斯拉克告诉我，这些书，是他的好友特朗·奥格里姆捐赠的。

奥格里姆已在二〇〇七年去世，时年五十九岁。在二十世纪六十和七十年代，奥格里姆是挪威毛泽东主义运动的主要领导人之一，是挪威工人共产党（马列）的领袖。而阿斯拉克本人，在一九九七至二〇〇三年，也担任了该党负责人。但这个党后来蜕变为社会革命党，与中国不再有联系。阿斯拉克后来在给我的一封信中，称奥格里姆是他的导师。

关于国际毛主义运动，如今在中国，可能只有在乌有之乡等少数网站上才能查到。那是二十世纪世界无产阶级革命的希望所在。至今，国际毛主义运动仍然存在，据说成员组织分布在美国、欧洲、亚洲、非洲、拉丁美洲，尤其是在菲律宾及南亚的孟加拉、尼泊尔、印度等有较大影响。

一、从小喜读美国科幻杂志

阿斯拉克对我这个来自社会主义中国的科幻作家，十分热情，让工作人员打印了一份详细的介绍给我。根据这份介绍，我了解到，奥格里姆成长在奥斯陆东部郊区的一个中产家庭，他的母亲是一位营养生理学家，父亲是物理学家。他们给了儿子丰富的文化和政治养分。在二十世纪三十年代，奥格里姆的父亲就是大学的马克思主义组织活跃分子。父母还都是二战时期挪威地下抵抗运动的骨干。

奥格里姆后来还经常热情地谈到他那参加过救世军的祖父对他的影响，特别是祖母，她与家庭脱离关系成为救世军的“难民营姐妹”。奥格里姆从小时起，便是个无神论者，他从父亲的书架上找科学、政治和文学书来读，特别喜欢读美国的科学幻想杂志。他说：“我的儿童时代的意识形态，是弗洛伊德、爱因斯坦和马克思。”

一九六一年，社会主义人民党在挪威创办，抗议挪威加入北约。奥格里姆在这一年加入该党，年仅十三岁。两年后，该党的青年组织——社会主义青年联盟创办，奥格里姆成了其成员。那时，他对中国对苏联的批判和毛泽东对第三世界解放事业的支持产生了兴趣。他与学校同学一起，开始宣传马列主义和毛泽东思想，希望青年联盟成为一个革命的共产主义组织。

一九六八年欧洲的激进主义运动，美国的越南战争，巴黎和柏林学生暴动，美国的黑人解放斗争，苏联占领捷克斯洛伐克，这一系列事件，使奥格里姆憧憬着，在中国农民革命的激励下，挪威也能爆发革命。这一想法当时很吸引人。一九六九年，毛主席的“小红书”在挪威售出了两万六千册。

二、挪威共产党的领导核心

为了使自己的乌托邦思想更有吸引力和说服力，甚至变成现实可能，奥格里姆展现了作为空想思想家的超凡魅力。他参加辩论，举行演讲，投入写作。很快，他就被认为是毛主义运动的主要思想理论家。信奉毛主义的人在一九六八年后，在新的年轻左派中占据了统治地位。一九六九年，青年联盟从它的母党社会主义人民党中独立出来，建立新的马列共产党。一九七三年，工人共产党（马列）成立。从一九六七年到一九八四年，奥格里姆一直是这场运动的领导核心。

挪威的毛主义运动，在二十世纪七十年代成为西方世界此类运动中最强大的力量。当时全挪威的毛主义运动，拥有五千名成员，其中三千人是工人共产党，都是“干部”，他们把大部分业余时间用于政治运动。工人共产党创办自己的机关报《阶级斗争》，它在一九七七年后成为日报。当时，党员们一年就汇集了两千五百万挪威克朗用作出版资金。它有自己的出版社“十月”，有二十多个书店分布在全国。还有录音公司，以及几个政治前线和组织。党员们主导了大学社团。在“五一”示威游行中，毛主义者的动员力是社会民主党的两倍。

挪威毛主义运动的影响是很大的。我回国后，在《人民日报》资料库中，也查到了有关报道。比如，一九七七年十二月十六日《人民日报》报道《阶级斗争》发表社论，欢呼毛选第五卷挪威文版出版。社论说，不学习毛泽东的著作，挪威工人共产党（马列）便不可能清算现代修正主义，也无法为建立一个列宁式的新的革命政党打下基础。没有成千上万的人们学习毛泽东思想并把它运用于挪威的阶级斗争，在挪威进行一场社会主义革命也是不可能的。

在这过程中，奥格里姆扮演着思想理论家和机构创始人的角色，他创办了《阶级斗争》、十月出版社和录音公司以及其他一些组织。从儿时起，他就是个书虫，他很早就从学校辍学，因为他的目标是一天要读一本书，学校根本满足不了他的需求。这些经历加上他的个人魅力和知识积累，让奥格里姆在新一代作家中扮演重要角色。直到今天，毛主义者在挪威知识分子和文化领域中的影响，仍是人们讨论的话题。

毛主义运动的相对成功，特别是它在文化领域和大学的影响，在挪威历史和公共讨论中得到关注。一个原因可能是，挪威的毛主义者尽管代表的是输自外国的意识形态，并且主要从学生极端分子中吸收力量，他们却尽量与挪威的社会现实和政治传统联系在一起。从一开始，毛主义者就是实践导向的，总在寻找一条“动员群众”的道路。在二十世纪六十年代，他们是越南抗争活动的领导力量，在二十世纪七十年代早期，他们参与并支持了冲击斯堪的纳维亚国家的非法罢工。

二十世纪七十年代中期，他们开始推行“党的无产阶级化运动”，最后使一千名党员放弃他们的研究活动或白领工作，而去到产业界打工。虽然大多数干部在几年后回到自己原来的领域，但它给了毛主义者以实际经验，加强了他们与社会现实的联系。几百名留下来的人，变成了高调的工会活动家和领导人。尽管如此，毛主义者从未在挪威工人阶级中获得足够的支持，对于人民来说，它仍然基本活跃于高等教育界。但是这种极端的职业实践可能使得挪威的毛主义者比起其他西方的毛主义者更严肃、更有经验、更有组织性。

奥格里姆对于发展毛主义运动起到了关键作用。他推行的意识形态教育的目标，总是致力“把事情搞成”。在这方面，可以说他深受毛泽东的影响。奥格里姆本人在酿酒业工作数年，成了工会的代表。

三、从乌托邦走向敌托邦

不幸的是，这一时期的成功，演变为了宗派主义，最后导致了全面失败。在一九七三年的选举中，工人共产党仅得百分之零点四的选票。这对毛主义运动是重大打击。奥格里姆用极左方式进行回应，他发表了一篇内容紊乱的“左倾”机会主义文章。在其中，他宣扬党的无产阶级化，并宣称世界处在第三次世界大战的边缘，挪威将被苏联占领。以前的关于挪威革命的乌托邦式表述，现在被第三次世界大战即将来临的敌托邦预言代替。新的宣示赋予党一个新的任务，要求它在迎接世界大战的基础上加强力量，但像大多数人看到的那样，它与挪威现实社会的大部分联系被彻底切断了。党进入了极度宗派化阶段。

它为抵抗苏联占领挪威做准备，党员纷纷使用化名，党的三分之一的基地秘密化了，党在全国探挖洞广积粮，还对被认为是“卖国贼”的其他左翼党展开监视。后来，奥格里姆回忆这场运动时说：“这的确是我的风格。在坏的一面，尤其是。”

一九七六年毛泽东去世，使得国际毛主义运动以及工人共产党走向衰落（虽然这个党一直正式存在到二〇〇七年）。阿斯拉克给我的介绍是这样表述的：毛泽东去世后，“四人帮”——“文革”中最显赫的领袖人物——其中一人是毛泽东的妻子，被作为国家的叛徒遭到逮捕。这是对“文革”的尖锐批判，也是对毛泽东的含蓄批评。几周后，毛泽东曾称之为欧洲社会主义灯塔的阿尔巴尼亚马列主义者陨灭了。在此基础上国际毛主义运动迎来了一个毁灭性的危机，“科学的”意识形态和马列主义饱受争议，出现了不同的意见和中心。不久，工人共产党也遇到意识形态和组织上的危机。《阶级斗争》和十月出版社几乎破产。在这种情况下，奥格里姆出版了他的著作《马克思主义——科学的或启示性的宗教》（一九七九年十月）。他承认党对于中国和毛泽东曾经批评得太少（他写道：“我们是中国的应声虫。”），并认为现在到了开展符合挪威实际情况的社会主义政治运动的时候。但这本书来得太迟。奥格里姆仍坚持他的信念，认为毛主义是科学的，并在大多数情况下是正确的。正如毛泽东所说，斯大林百分之七十是好的，百分之三十是坏的。他仍然支持柬埔寨波尔布特的“实验”。奥格里姆不能挽救这场他曾倾力倡导的运动，他自己成了他想要改变的思想的囚徒。几年后，这个党失掉了几千名成员，大多数欧洲毛主义党做鸟兽散，这也标志着挪威毛主义运动的衰落。

四、留下的遗产

一九八四年，奥格里姆离开了工人共产党中央委员会，随后脱离了该党。他待在了政治的外围，却开始了记者、演说家和作家的新生涯，特别是投身于新技术领域。他写了三本科幻小说，还开设了可能是挪威的第一个博客，在上面谈论他喜欢的话题。他说："我是个松鼠！我找到了一个洞，在那里，我把我写的关于计算机、未来、学校、政治、经济、艺术和所有的一切放进去。"

的确，奥格里姆似乎对什么都感兴趣。他不停地阅读，并有很好的记忆力。他喜欢的书单上，包括英语、德语、西班牙语、弗兰德斯语和世界语的书籍，从分类上看，有诗、犯罪小说、语言史以及超现实的后现代主义。值得一提的是，这个书单包括了大量科幻小说。他称这个目录是他的"自传"。

阿斯拉克给我的介绍中说："他去世时留下了大量藏书。他的科幻书如今被奥斯陆文学屋编目并陈列。这当然是对所有科幻爱好者的一份大礼。它也是给我们所有想要了解而不是评判革命精神以及奥格里姆试图创造的乌托邦梦的人的礼物。"

这次奥斯陆文学屋在挪威外交部赞助下举办中国文学周，专门安排了一场关于毛泽东的讨论，请了汪晖等人来演讲。他们赞扬了毛泽东的高瞻远瞩，称中国的改革开放，实际上应该始于一九七二年向美国打开大门。

阿斯拉克担任了主持人。他回忆他小时候，父母都是左翼运动人士，他睡在床上，一睁眼，看到墙上贴的毛泽东的画像，百感交集。

我谈到了中国科幻，称中国宇航员考虑在太空中建立党支部，阿斯拉克听了非常激动，紧紧握住我的手不放。之后，他与我热烈谈论奥格里姆，并向我介绍苏联科幻小说。

如今的挪威，成为人类发展指数位居第一的国家，人均年收入达四万美元，富裕程度在世界上名列前茅。它还是世界上有名的福利国家，与人们“生老病死”有关的一切费用，政府几乎都“承包”了。不少去访问挪威的中国人，皆称之为“社会主义的天堂”。

（二〇一一年十一月二十九日）

《地心引力》：一部震撼的电影

《地心引力》这个名字听起来很普通。而牛顿在十七世纪发现的万有引力定律却是人类最伟大的自然科学成果之一。它把地面上物体运动的规律和天体运动的规律统一了起来，对物理学和天文学的发展带来深远影响。这也便是第一、第二和第三宇宙速度的基础，而这正是推动这部电影情节发展的内在逻辑，也是它的科幻硬核。主人公的生与死都由万有引力决定，这从根本上揭示了渺小的人类与宇宙中强大的不变法则的关系。当然这里面还包含了人类对母星地球的复杂情感，以及对离开摇篮走向最后的边疆的兴奋与惶恐。《地心引力》让我想起了《冷酷的方程式》，也想到刘慈欣说过中国的大地是沉重的，任何想飞的都会轰然坠地。

严锋说这是一部“纯粹的电影”，我非常同意。令人吃惊的是，一部如此简单清晰干净的电影，拍得竟如此扣人心弦，从头至尾，每一秒钟都让人喘不过气来。我一直处在极度真实的绝望、孤独和恐怖之中，完完全全身临其境，好像自己就是处于失重状况下的主人公。而由于当时电影院全场观众只有三五人，这种窒息感就更加的强烈了。这部电影也有些像《月球》。那也是十分纯粹而孤寂的一部科幻片。

《地心引力》充满了细节的真实，是对天体物理学和航天工程的致敬。有报道讲，全片只有很少几处违背常识的夸张之处。比如最大的硬伤就是哈勃望远镜与国际空间站的轨道高度问题。在现实中，哈勃望远镜与国际空间站的轨道高度差至少超过一百公里。因此，主人公绝不可能从哈勃望远镜飞向空间站而得以逃生。但我理解这是导演的一种艺术化处理。

其实说到太空片，美国人已经拍得非常成熟，从六十年代库布里克《二〇〇一：太空奥德赛》就达到了经典的高度。好莱坞导演对科学技术的熟知和敏感令人感叹。

北大刘华杰教授最近给科幻作家讲课，讲到博物学，说西方有博物学传统，从亚里士多德到达尔文，都是博物学家，对自然的观察无微不至。他说这个传统后来断了。我倒觉得，西方开拓了新的自然，如太空和深海，还创造了一个人工自然，包括机器世界和互联网虚拟空间，这就有了关于它们的新的博物学，在《地心引力》中，反映在对航天器和太空环境每一个局部的精细化处理。这个传统在今天的中国是没有的。中国人更注重吃饭喝酒的博物学。这是中国拍不出好的科幻片的一个重要原因，跟特效无关。

而说到特效，科幻片绝对不是简单的特效。不少中国影视工作者对此是有误解的。我一直觉得，特效是为科幻片的三重冲突服务的：人与大自然的冲突，人与科技或机器的冲突，人与人的冲突。这部电影对此都照顾得十分细腻、贴切而深刻。但在中国的科幻电影甚至一般电影里，这几个方面常常都很弱智。特别是前两重，往往成了插科打诨的背景，最后设计出一个狗血淋漓的正义战胜邪恶的故事，而且必然要以庸俗的三角爱情游戏为情节的逻辑推动力。而这部《地心引力》，从头至尾，主角只有一个人。没有爱情戏。全片贯穿的是生命的主题。我觉得它的真正的主人公其实是沉默到底的太空，这从片头就开始向观众提示了。

我最感到震撼的，还是作为观众，第一次以航天员的视角，长时间从六百公里的太空轨道上俯瞰地球。我相信这一定能激发出不少观众对人类作为一个整体的命运的思考，使我们第一次可以超越国界去想一些问题，哪怕可能只有几秒钟的触动，也很了不起。所以这部美国电影对于生活在过于现实中的中国人来说，是划时代的。一定要去电影院看它，去看 IMAX，去看 3D。我又想到今年王亚平太空授课时，刘慈欣说，为什么就不能把摄像机镜头，对准天宫一号舷窗外面的宇宙和地球来一个实境呢？那样多震撼啊，多有启示啊。

据说中国进口《地心引力》时剪掉了一些镜头，如航天器被卫星碎片撕开后，航天员更多的死亡惨状。这一定是有关部门为了照顾中国文化背景的“特殊性”吧。但太空对中国会是特殊的吗？因此从另一个方面讲，这或许也表明，中国对于太空的承受力是较低的。仅凭这一点，中国还不是成熟的航天大国。太空是个残酷的环境，人类是否真能适应，仍然是一个有争议的问题。中国人还需要克服面对宇宙时心理上的幼稚。

《地心引力》其实是一部十分严肃的电影。有很多镜头，让人回味无穷，也许只有经历了文艺复兴和数次科技革命的西方人才能信手拈来，如女主人公进入联盟号飞船，脱掉笨重的航天服，性感地穿着背心短裤，蜷曲成个胎儿的形状，这个对于人类本身在宇宙中的存在的象征性描绘，真的是直指人心。这里的航天器是子宫的象征，而神秘恐怖、充满敌意的宇宙则是无数生命的孕育场。最后主人公返回地球，掉入大海（或湖中），从积满如同羊水的海水或湖水的返回舱中爬出来，正像婴儿出生。她游到岸上，伏于滩涂，亲吻泥土，最后站起来，仰望天空中飞过的航天器残骸礼花，据说，导演阿方索·卡隆在这里想表达的是生命从“浮游生物”到“爬行动物”再到“直立行走”这样一个过程，也就是生命的四十亿年演化史，从海洋到陆地，再到天空。而水中那个拼命上游的小青蛙（代表两栖动物，也就是由水到陆的过渡环节）的镜头的确很有喻义。这已经超越了人类的视野。

卡隆说《地心引力》的主旨是“关于我们内心的进化”，我理解是，人类一定要走完海洋、陆地和太空的生死三部曲，才能真正走向成熟，才能彻底摆脱幼稚，才能不再去做那些愚蠢之事，才能让自己成为一个整体，而这需要建构强大而充沛的心灵和智慧。这便是全片只设计一个主人公，描绘她不断与自己较量、克服远大于环境困难的心理困难的象征意义。她就是人类的代表。《地心引力》实际上是一部优秀的心理片。人类被封闭在宇宙之笼中，面对死亡的不可避免，他唯一要做的只能是自我超越，战胜孤独、怯弱和恐惧。所以影片才无处不渗透着导演对生命、对宇宙、对终极的思考。但大部分中国导演很难去思考这种东西。看他们在接受记者采访时那狡猾的眼神，就知道他们一心想的只是如何用投机而廉价的桥段博得观众一笑，只把你的腰包掏了就足够了。

电影中出现了美国、俄罗斯和中国的航天器，三个竞争中的航天大国，导演也许想说，未来的太空格局首先是冲突性的，所以是用导弹击毁卫星揭开序幕，这是这场太空灾难之源。虽然说的是俄罗斯的导弹，但无法不让人想到二〇〇七那次轰动的、事先未做公开宣布的中国反卫星试验，在太空中留下无数碎片。这个关于太空军事化和政治化的情节，隐含了对人类在技术时代自我毁灭的忧虑。但最后却是三个国家的航天器形成三级跳，拯救了航天员。这是在讽刺，还是在赞美？我认为这部电影是有批判性的。

主人公一个人待在失去燃料的联盟号里等死，在绝望中，看到男航天员返回的幻象，堪称神来之笔。此时的男航天员，就是复活的耶稣基督，这是全片最有宗教感的一个场面，使整个电影升华。像这样的拯救主题，更多见于西方影片。像《异形》中，同样是女航天员存活下来，而她本身具有了圣母玛丽亚的气质。

当然中国电影也有类似的场面，比如有一部反映航天英雄的电影《飞天》，最后也出现了天宫一号，以及同样的灾难情节，但那不是反卫星试验，而是太阳能电池板被陨石击穿，这样开始了对航天员的营救，却是在党组织的英明领导下发挥了集体的作用。它的主题是中国梦和中国崛起。我猜想，这代表了太空时代，中西方不同的思维和文化背景。这才将是未来太空世界的最大趣味，而并非技术。

然而，不接受人类拥有的一些普世价值，可能才是中国拍不出科幻片的根本原因。中国人缺乏“同一个星球、同一个宇宙”的意识。我们觉得身为炎黄子孙，在一百三十七亿年历史的宇宙中是特殊的。我猜测这是造成宇宙南北半球不对称、某些地域温差很大的原因。中国人未来的太空活动，可能会破坏宇宙的同向性法则。

（二〇一三年十一月二十一日）

“雪国列车”上的基尼系数

《雪国列车》这部电影描述了一个暴力革命的主题。它的创意来源大概是贫富差距过大造成的高基尼系数。头等车的乘客能吃到鸡腿、牛排和鱼腩，还能享受桑拿、美容，住在宽敞的、有五彩花园和水族馆的车厢里，穿着华丽的皮衣，子女享受良好的正规教育，还有优质的医疗保障。下等车厢的乘客则只能吃到用蟑螂肉做的食物，拥挤地住在废油桶里，穿得像乞丐一样，触目皆是肮脏、混乱、疾病和死亡。这便是通常所说的“社会环境极度恶化”吧。终于有一天，下等车的人们忍受不下去了，他们喊出“我们要吃鸡腿”的口号，发起了占领上等车厢的暴动。这是对贫富差距引发的社会动荡和政权更迭的最直接写照。

基尼系数是反映收入分配公平的指数，用洛伦兹曲线来表示，在零和一之间，越靠近零，收入越平等，反之则越不平等；零点二以下是过于平等，社会发展失去动力；零点三至零点四这个区间，是控制得比较好的；超过零点四，就越过了警戒线，财富向少数人集中，大多数人生活艰难，大难或将临头。那么雪国列车上的基尼系数是多少呢？这需要有统计数据，比如占人口比例多少的人，控制了多少财富，但导演没有给出这样的具体数据。目视来看，我觉得有些类似于巴西的情况。我访问过里约热内卢的贫民窟，那儿就很像雪国列车的情形，充斥着贫穷、暴力、毒品和犯罪，而另一边的科帕卡巴纳海滩一带则簇拥着富人们的别墅、豪车和五星级酒店。巴西、阿根廷等南美国家的基尼系数是比较高的，分别达到零点五七和零点五一，所以巴西拍出了《上帝之城》这样的电影。我觉得雪国列车上的基尼系数至少应该在零点六以上。理论上讲，超过这个数值，分分钟都有可能农民起义和工人暴动。

但这只是可能，并不是基尼系数一高就必然会发生反抗。因为在那趟列车上，还有强大的武装力量在维稳，还有曼森这样忠诚的二把手掌控着宣传工具不停进行劝服，还有骇人听闻的恐怖刑罚制造着威慑，另外，毕竟有吃的，而且是动物蛋白质，定时分发，甚至运气好的话还能弄到毒品来麻醉自己。在电影的设计中，革命的发生，除了有柯蒂斯这样的带头大哥外，还必须有吉列姆这种先知般人物的配合，要有他煽阴风点鬼火。而有意思的是，吉列姆与列车独裁者威尔福德是一对好基友，他实际上是后者安插到穷人中的卧底。他的主要任务便是挑动革命。因为只有革命和动乱，才能让列车上的居民互相屠杀，以消除人口爆炸带来的威胁，保持生态环境的稳定。整个列车是一个完整的生态系统，而生态系统中，每个物种都有自己的确定位置。为了列车的整体安全，任何极端措施都是值得采取的。当然，若是真要反抗，还得有南宫民秀这样的开锁人的参与。因为各个阶层固定了，没有上升空间，车厢都锁闭了，仅仅靠蛮力是打不破的。所以在未来的革命中，掌握科学技术的专业人士越来越重要。

雪国列车实际上反映了这么一个现实，即列车上的资源是有限的，因此只能保障少数贵族乘客享有好的饮食、医疗、教育和居住条件。而这是为了保证列车的高效率运行，不要翻车。在头等车厢，观众的确看到了技术专家的存在，他们在电脑前辛勤工作，维护列车的安全，防止出轨，这在世界末日的恶劣环境下是第一位的。从下等车厢夺走小孩去做列车配件这种事情虽然骇人听闻，但如果不这样做，列车就会因为机械故障而停滞甚至翻车。所以残酷便是一种人道。这样保留末尾车厢一定的贫困人口就有了合理解释，这至少可以保障提供人肉配件，把他们全部弄死是不划算的，当然也不能让大家都享受富裕生活。从柯蒂斯发动的这场失控的革命来看，占领车头推翻统治者其实并没有带来什么好的效果，观众看到的是列车的提前颠覆，那场为了奔向自由而实施的爆炸引起了摧毁一切的雪崩。这里的意思是，危机中的社会的确需要威权统治，需要精英治理，特别是权力要集中在一个人的手里，甚至都不能搞二人体制。但是可以有专家团队，有智囊和打手。我想不少观众看了这部电影其实会喜欢上威尔福德这个人物的。

《雪国列车》是韩国人拍的电影，众所周知，韩国是少数成功跨越了中等收入陷阱而进入到发达经济体行列的国家，这的确很让人羡慕。但据韩联社今年三月十日报道，韩国央行公布的亚洲开发银行最新研究报告显示，近二十年来韩国基尼系数以每年百分之零点九的速度上升，韩国居民收入差距正在不断扩大，上升幅度仅次于中国、印尼、老挝和斯里兰卡，在亚洲二十八个国家中排名第五。报告指出，虽然技术发展、全球化等因素拉动了亚洲经济迅猛发展，但这同时给这些国家的居民收入分配带来负面影响。实际上，连日本这个基尼系数一向很低的国家，近年也出现了贫富差距拉大的情况。而说到美国这个最发达的国家，它的基尼系数在零点四以上。所以我们从这部电影中感受到了发达国家的忧虑，感受到了整个世界不稳定的阴影。

当然《雪国列车》是根据欧洲——具体来讲是法国——上世纪八十年代的科幻漫画改编的，体现的是欧罗巴人反乌托邦的传统情结，今天来看，它也很能反映某种现实的情况。我们以前一想到欧洲，眼前就会浮现出一幅高福利社会的画面：贫富差距很小，人人吃得脑满肠肥，悠游无事。但是到了今天，在欧债危机的冲击下，一些欧洲国家的情况也的确不容乐观。去年欧元区失业率达到百分之十二，西班牙这样的国家甚至是百分之二十四，其中三十岁以下的失业率高达百分之五十五。也就是说一半年轻人没有事做。于是他们就只好去拼命踢足球，所以西班牙国家男子足球队从二〇一一年到现在都在国际足联排名世界第一。但在雪国列车这样的环境中，缺少空间开展体育活动，情况就变成另外一回事了。

现在要提出的问题是，《雪国列车》如果是中国导演来拍，会是怎样的呢？我们知道中国是基尼系数很高的国家。很久以来，中国并不公布基尼系数，直到二〇一三年，国家统计局才开始发布这一数据。去年中国的基尼系数是零点四七三，而最高的二〇〇八年是零点四九一。这在世界上可能仅次于巴西和阿根廷。但就算这样，国内一些人仍认为不科学。因为它只统计工资收入，不考虑经营性、财产性和腐败性收入。后者才是富人的实际收入。中国基尼系数到底应该是多少？有专家说，这很简单，如果是百分之二十的富人占有百分之八十的财富，那就用零点八减去零点二；如果是百分之十的富人占有百分之九十的财富，那就用零点九减去零点一。中国目前很可能是“二八时代”。

我也写过列车（《地铁》《高铁》《轨道》），它与欧洲人或韩国人描绘的有所不同。首先，这趟列车是循环的，乘客们即便有一丝反抗的念头，也都很快湮灭了，因为他们是永远走不到车头的，连驾驶员都根本见不到，他们进入的是一个永无尽头的、咬尾蛇一般的迷宫车厢，从起点又回到了起点，迅速把自己搞晕了。其次，这趟列车的行驶时间是以千年来计算的，而不是像雪国列车那样只开了十七年，列车上已经形成了一套自我恢复、自我完善的机制，比如九州研究院那样的改革创新机构，它会不停地制造出自己的宇宙，自己的体系，自己的路径，足以让人迷恋，从而消解了革命的动力。第三，乘客们解决自身困难的办法可能是生孩子，永远把希望寄托在下一代的身上。第四，人们通常是习惯于服从列车长的权威的，连对列车员也是巴结谄媚的，乘客们一旦打起来，也会是内部互斗，把同样贫困潦倒或者同样身处困境的旅伴杀死，不到万不得已不会反抗真正的加害者。第五，最重要的一个问题是，跟雪国列车不同，这趟列车首先不是为了应对冰天雪地的生态灾难，而是要对付以 M 国为首的敌对势力，这才是最大的危险，是对列车的最可怕的甚至是唯一的颠覆。这加强了列车的“凝聚力”。所以危机即是机遇，哪怕前途再可怕，列车也会是一直开下去的。乘客们会欢愉地高唱着《最炫民族风》，以“我要上春晚”的恢宏气势，沿着列车车厢不停地走下去。每一次崩溃的预言实际上都会落空。即便有一天毁灭了，列车还能自我重生，开始新的一轮重复或者“复兴”。

（二〇一四年四月十二日）

为香港的明天忧思

二〇一〇年，香港科幻作家谭剑以《人形软件》，夺得首届全球华语科幻星云奖最佳长篇小说奖，引起两地的关注。这部小说讲述了未来香港的故事：一个生活在香港下层社会的年轻人，含辛茹苦经营一家小面食店，在香港经济和文化萧条中，店铺奄奄一息，这个年轻人便去网络世界当黑客。一次在打劫银行时，他不幸身亡。高科技犯罪集团却根据他的信息和数据制造出一种人机接合的智能化软件（humanoid software），让他死后还在互联网上生存下来，在虚拟世界里继续展开一场“精彩”而荒唐的人生。

今天看来，《人形软件》属于“科幻现实主义”范畴，它展示的，实际上是对香港未来的忧思。这部小说出版时，香港回归已十三年，在外界看来，依托祖国的强大后盾，只要按照基本法去做，一切便尘埃落定。但是，一段时间以来，有关香港未来的讨论，一直持续不断。在这座七百五十万人的城市里，围绕“一国两制”“港人治港”、高度自治下香港的前途命运，各个群体发出了不同声音。讨论涉及面之大，令位于“边缘”的科幻作家也参加了，可见人们的焦虑是普遍的。

作为科幻作家，谭剑对于香港的明天似乎并不乐观。在《人形软件》中，他用冷静的笔触，描绘了一个金钱统治一切的垄断资本主义社会，香港成为全球财富霸权下的一个小角色甚至配角，东方之珠已黯然失色。未来的香港，人情冷漠，诚信丧失，法治崩溃，充满背叛，到处黑吃黑，恐怖暴力不断。人们对生活深怀厌倦，对社会大为不满，宁愿离开现实世界而投身网络空间，从“网络依存症”演化而来的新兴宗教组织，成为未来香港最严重的社会问题之一。

这部小说获奖后，我曾在《文艺报》撰文称，《人形软件》的一大价值，就是它在中国文学中少有地展呈了一个后现代的、反乌托邦的香港，这彰显了这部作品的独特意味和现实批判性，也很大程度上反映了当下港人的心态和关切，需要引发内地人的关注和思考。可惜，并没有引起太大重视。现在，仅仅四年后，小说中预言的不少情形，已在香港成为现实。

在《人形软件》中，全球化已经推进到一个令人瞠目结舌的程度。各种势力在国际舞台上激烈角逐。判定一个国家价值的唯一取向是看它有没有钱，而崛起的中国，成为全球财富的主导者。小说中写道：“全世界最有钱的人是中国人，最财雄势大的机构是中国银行，最强大的国家是中国。”这不正是今天香港人常常挂在口边的“强国人”形象吗？这便是整个故事发生和发展的前提。但诡异的是，在如此强大的中国的庇护下，却苟延残喘着一个虚弱不堪的香港。强权受到推崇，法治全线失守，在高科技的支持下，各国犯罪组织在维多利亚湾无孔不入、为所欲为。在谭剑笔下，能够匡护社会正义的警察大哥成龙的形象已经消失无踪，整个香港社会呈分裂状态。让人吃惊的是，为祸香港的犯罪集团的首脑，并不是美国中情局，而是来自乌克兰的黑客流氓，这个曾经属于苏联的前社会主义国家，已成了践踏法律道德的渊薮。犯罪组织的头目在实施行动时，念念不忘的竟是以前在苏联极权统治下，“党是最大的，国次之，家庭最小也最不重要。为了伟大的党和革命事业，你得随时指证叛国的家人，任何阻挠国家前进发展的都是人民公敌”，而这一切又与另一个观念紧密相连：金钱至上。任何与金钱作对的，都是人民的公敌。

《人形软件》思考的问题是：未来的国家应该怎么定义？未来的香港向何处去？未来的香港人又是什么样的人？这使得这部作品从头至尾弥漫着极大的焦虑。科幻文学是一种忧患文学，而忧患意识仍是当今中国缺少的，这恐怕是香港今日之形势发展，超出许多人最初预想的原因之一。我认为，《人形软件》呈现的对香港明天的忧思，并不会随着“占中”事件的暂停而从现实生活中消失。未来的阴影仍将在很多香港人的心头笼罩。这其实也是香港其他一些文艺作品表现的，比如杜琪峰的电影《夺命金》，把香港人在新世纪的惶恐不安，刻画得入木三分。老百姓要投资、赚钱，却没有方向，没有门路。连曾经不可一世的黑社会也狼狈不堪，陷入困境。北京才是“大佬”，它和华盛顿、东京等联手解决希腊债务危机，才救了一群香港人的命。但这并没有消除香港人心灵的空虚和对未来的迷茫。但到底为什么会这样呢？就是因为一小撮所谓“港独”势力和西方敌对势力在捣乱吗？

科幻作家往往在极度的绝望中，传递最积极的信息。谭剑的《人形软件》堪称香港普通人与命运抗争的写照，它相信香港的明天还要由香港人自己掌握。作家笔下的宁记面店颇有喻义。这家食店小且旧，卖的是最普通的云吞面，却是香港非物质文化遗产的象征，是香港人精神层面的关照，小说最后的高潮，已然演变成了在现实世界中保存这家不起眼的小店铺的全民努力。各个阶层的香港人纷纷站出来，伸出援手帮助丧子的老父，支持他维护并恢复这家面店的荣光，要在未来经营下去。这是对香港传统价值的坚守。谭剑赞扬了美好，“我指的美好，是老百姓由衷称赞和向往的美好”。

这也正是谭剑本人在现实中倡行的。毕业于英国伦敦大学电脑系、拥有布拉德福德大学企管硕士的他，放弃了程序设计、系统分析及项目管理等工作，放弃了自己开设的顾问公司，退居到不为人知的边缘，专心致志从事他喜爱的科幻小说这么一种小众文学的创作，实在令人敬佩。读了他写的书，我由衷感受到了香港人的丰沛情怀和意志，以及顽强的毅力和生命力，就好像看到在二〇一〇年菲律宾绑架事件中，香港旅游团那位年轻的领队，面对匪徒的枪口，从容镇定，大义凛然，不惜以身殉职。

我因此想，香港人恐怕并不简单是内地人认为的“经济动物”，好像他们除了眼前的物质财富，别的都不关心。实际上，香港曾经是、也仍将是一座保有理想主义火种的城市。我很希望内地的人们尤其是年轻人，除了到香港扫街购物，除了看《环球时报》关于香港的评论，也可以看看《人形软件》，看看香港人写的文艺、政经和历史书籍，并与普通香港人交朋友，多倾听、多了解他们。而香港的年轻人，亦反之如是。香港的明天值得忧思，整个中国又何尝不是？

（二〇一四年十月七日）

《星际穿越》让人感到恐惧

《星际穿越》英文名字叫作 Interstellar，也就是“星际”，但到了中国，就一定要加上“穿越”二字，否则观众不接受似的。很奇怪美国人为什么就可以直接接受“星际”呢？我怀疑《三体》被拍成电影时，是不是也会改名叫作《三体穿越》。

当然了，从《二〇〇一：太空奥德赛》，到《普罗米修斯》，到《地心引力》，再到《星际穿越》，美国人的每一部太空歌剧，都拍得那样的让人神魂颠倒。你以为前面一部已经登峰造极了，可是，他们还能变出新招。这种创造力和建构力，说实话让我感到自卑。我觉得自己身为一名中国的科幻作者，太辜负这个时代了。那么说到这部电影，它有三个妙处。

一是奇观。导演用电影语言建构了一个想象中的世界体系。生活在五维时空中的生物制造出了一个异域，而要把这转换成人类肉眼能见的影像，就会十分惊人，这也是科幻电影能够一次又一次横扫票房的秘诀所在。物理学中的虫洞、黑洞，以前只能用数学来描述，如今也都以强烈的视觉效果，近距离拿给观众看了。还有地外行星上的接天巨浪和冰冻岩石的景象，这已不仅仅是画面，而是人类注定要经历的未来。当然这里面有不少镜头，让人想到了《二〇〇一：太空奥德赛》，包括那个与主人公一样性格形象鲜明的机器人，好像是在向库布里克致敬，却又有超越和突破，尤其是最后那个人工三维空间的场面，以及利用引力，打破时空障碍，传递信息。电影跟小说不同，它一定要以画面呈现。而随着技术的进步，科幻小说描写的任何一种“不可能”的神异，都有了变成画面的可能。接下来会发生什么呢？我们的整个人生，会不会就是某个外星文明制作的一部电影中的特效呢？看《星际穿越》的时候，想到的却是《盗梦空间》和《黑客帝国》。这实在是很绝望。

二是情感。在《星际穿越》中，人是电影的核心，人性被构造得分外强大，与科幻构思一起，推动故事的发展，一分钟都停不下来、错失不得。电影不遗余墨描写了友情、爱情和亲情，尤其是父女之情，讲得细致入微而出神入化。而这些情感被科幻的点子抓住并编织起来，就变得更有冲击力了。大概科幻的魅力就是把人类置放到极端条件下，去揭示最深刻的人性吧。这里给人印象颇深的是相对论，在高速旅行中，时间变慢，地球上子辈老去，而太空中的父辈仍年轻。屏幕上，儿子与父亲对话，瞬间长出了大胡子，相信不少观众看到这里，都会忍不住潸然泪下。还有最后时刻，年轻的父亲送别年迈的女儿，更是让人欷歔慨叹。在陌生外星的寻找与生存中，精神濒临崩溃的宇航员，也刻画得入木三分。但接下来问题就来了：如一本畅销书中所说的，全世界杀人放火的美国人，地球上最不讲人权的美国人，有什么资格谈人性、谈大爱呢？而且还要跑到外星去谈。

三是哲思。这是科幻电影中特别要紧的。《星际穿越》表现的大概就是对人类未来命运的终极关怀了。不久，地球上的一切高科技，都不能挽救我们的注定衰落，而人类行将走向灭绝。因此需要寻找另外的家园。这便是一直争论不休的探索太空的意义。近三个小时的电影，讲的都是孤独的人类如何面对宇宙并走向宇宙。它纤毫毕现地展呈了与地球母星不同的“另外的世界”，让人犹如镜像般反观当前的存在，并提前置身未来。它极其真实地演绎了宇宙的残酷和恐惧。在太空中，集体会代替和超越个体。在危机来临时，只能抛弃整个人类，让他们统统去死，而靠极少数精英，作为种子，代表人类生存下去。电影也描写了人类进化的可能高级阶段，我们演变成了一种五维生物。那么，谁来拯救我们？并不是外星人，而是人类自己，是人类成为上帝一样的存在后，在遥远的未来拯救过去的自己。但即便是上帝，他也要通过个体的人类来完成使命。宗教的救赎，首先是自我救赎。因此电影表现的是信仰的问题。女儿相信父亲最终要回来，就像相信基督重临一样。所以宇航员库珀是耶稣基督般的化身。异星上的死尸，以及漂浮在太空中的主人公，都有十字架上受难者的形象。在这个意义上讲，所有科幻电影，都是宗教电影。然而，最诡异的问题产生了：一部西方的宗教电影，竟然也在无神论的国家公映了。

我仍然不理解为什么美国人花那么多的钱，去拍这么一部长达三小时的科幻电影，为什么在一部科幻电影中，所有的角色，都是一线的大牌演员出演。按照一种逻辑，甚至不以为这是好莱坞想要赚中国人的钱，而是认定这是美国人企图颠覆我们的一种手段。他们难道不是想要把十三亿人诱离地球吗？

所以，《星际穿越》这部电影，让人想到，美国这个国家，或者这个民族，它的可怕之处，其实在于它的伟大。任何的颠覆都源自一种伟大。我们正置身于一种对伟大的恐惧，以及对这种伟大的愤怒。这是观看《星际穿越》全过程中，每一个陌生而隔膜的画面刺激着我肾上腺素产生出来的情绪。

（二〇一四年十一月十五日）

《自然》杂志为什么要刊登科幻小说

国际著名科技期刊、英国《自然》在中国人看来就跟神一样。我看央视新闻联播，介绍模范中国工程院院士李兰娟，其中提到她的一项成就，就是论文在《自然》上发表。也就是说，论文在《自然》上发表，就相当于上央视新闻联播。不，比上联播还厉害。

而科幻小说，在中国人心目中，很久以来，地位是低下的，被视为儿童读物，是不正经、不入流、低俗化的代名词，甚至是精神有问题的人才去写才去读的。

因此很难想象，《自然》杂志会和科幻搞在一起。但偏偏就是这样。摆在眼前的这部《*Nature* 杂志科幻小说选集》中译本，收录了二〇〇七年之前发表在《自然》上的六十六篇科幻小说。当然了，英文原版是一百篇，但译者江晓原和穆蕴秋没有能够拿到其余三十四篇的版权。

《自然》杂志为什么要刊登科幻小说？

一、为了“好玩”

《*Nature* 杂志科幻小说选集》是由《自然》杂志的工作人员亨

利·吉编辑出版的。科幻进入中国一百多年了，翻译加原创，中国现在每年出版一百多种科幻书，但这部书在我看来，的确是独一无二的。它简直就是一部奇书。江晓原和穆蕴秋做了一件出人意料的工作。

英国《自然》杂志创刊于一八六九年，其办刊宗旨是“将科学发现的重要结果介绍给公众，让公众尽早知道全世界自然知识的每一分支中取得的所有进展”。它是一个很严肃的、高大上的“世界顶级科学杂志”。许多——或者说大部分震惊世界的科学发现，首次面世都是以研究成果的形式发表在《自然》上的：DNA 双螺旋结构，激光原理，中子发现……但它为什么要刊登科幻小说呢？

科学是实验性的，反映真实世界的，而小说是虚构的、想象的，可以不直接关系实际，何况还是科幻小说，描写并不存在的未来。在中国，我听说，不少科学家反对科幻小说。

在该书导读中，我看到了《自然》收纳科幻小说的两个理由。一是与英国科幻大师、有“科幻界的莎士比亚”之称的赫·乔·威尔斯有关。威尔斯与《自然》有很深的个人渊源，是杂志的长约作者，该杂志发表过总共六十六篇与威尔斯相关的文章，有二十六篇是威尔斯本人署名发表的，涉及生理学、心理学、植物学、人类学、通灵术等。另外《自然》还发表了许多文章对威尔斯的包括科幻小说在内的著作进行评论。因此，发表科幻小说，应视为向这位大师致敬吧。有意思的是，威尔斯常常是对科学做出批判的。

二是出于一种看起来很简单、很不可思议的原因。在亨利·吉的以科幻方式写的前言《怀念未来》中，介绍了《自然》的历史。原来，它是由一个名叫麦克米伦的家族赞助的。《自然》的成功，与它从成立之初便一直保持的宽松愉快氛围有关。吉说：“这种氛围鼓励进行新的尝试：纯粹为了好玩。”

因此，在一九九九年十一月四日（杂志一百三十岁生日之际）开设了“未来”专栏，专门发表“好玩”的短篇科幻小说。开篇之作是英国科幻大师阿瑟·克拉克的作品。读者的热烈反响让编辑始料不及。许多人成了专栏的铁杆粉丝。有一些作品被收入年度最佳科幻作品集。科幻作家、科学家都为之写稿，它还发表了一个十一岁小女孩的作品，其父是一位科学家。

亨利·吉在这篇前言中，多次提到“好玩”“有趣”“充满乐趣”“超脱的娱乐精神”等词语。这很有意思。我们知道，科幻在中国的诞生和发展，并不是很好玩的，它最早是要担负起民族复兴使命的。鲁迅先生把科幻引进中国时说，“导中国人群以前行，必自科学小说始”“要改造中国人，必须先改造中国人的梦”。一直到今天，科幻常被认为跟实现现代化、实现“中国梦”等等有关，这很不错，但是很沉重。其实中国的科学研究也很沉重。搞航天的人说，他们的压力比国外同行大得多，包括要在党和国家领导人莅临现场时确保发射成功，而且每一次发射都关系着民族伟大复兴。中国的科技进步奖获得者，也都把其发明发现与国家的兴衰紧密关联。我没有看到一篇关于他们这样做是为了“好玩”的新闻报道。

亨利·吉还提到另一点，就是领导的支持。他向《自然》杂志主编菲利普·坎贝尔致谢，称“他允许我开设并主持‘未来’专栏的胆识着实令人敬佩——而且整个过程对我完全放任自然”。他特别说，“关于这一点，我想也应该归结于《自然》的精神：勇敢探索前人未至的领域。”这也很有意思。在中国，领导支持科幻创作，需要很大的勇气，因为可能有人会说你搞歪门邪道、怪力乱神。此外，探索前人未至的领域，也常常是我们不太爱做的，我们更乐于按照前人的惯例做事，不越雷池一步。这可能是中国科幻不太发达的原因。当然了，不仅是科幻。

从《自然》对科幻作品主题和内容的选择看，五花八门，无奇不有。有的幽默，有的严肃，有的荒诞，有的神奇。脑洞大开，没有禁忌和拘束。

我想，会不会，这才是真正的科学发现的动力？归根到底是一种好奇心。《自然》杂志从一个侧面，似乎回答了钱学森先生提出的那个难题。为什么中国没有完全发展起来？为什么中国学校没有培养出杰出人才？为什么中国没有自己的苹果、谷歌、微软？为什么中国没有自己的诺贝尔科学奖获得者？中国今后靠什么支持它的发展？……这些，或可从中找到部分答案。

虽然只是“好玩”，但可能就是真谛，找到了把科幻与科学统一起来的力量。科学创造，是内心深处的兴趣使然。但这在中国的不少科研人员那里，还不能完全做到。他们常常在现实的泥淖里跋涉，要操心很多科学研究之外的事情，并让兴趣服从于功利。而在西方，不少科学家从小就热爱科幻，长大也热爱科幻，把科学的一部分当作科幻来做。但在中国，孩子很小时，为了让他们集中精力考学，曾出现过老师把科幻杂志收缴并烧掉的事情。

贵州大学校长郑强说：“科技到底该干什么？高科技到底该干什么？如果我是科技部长，该玩的就玩，就像陈景润，他就是玩！陈景润如果是处在今天的中国，他绝对是要去讨饭的，因为他不会去搞产业化，他的英语也不好，他说话都不流利，中文都讲不好，按现在的‘标准’，他是个文盲，还谈什么教授！”

《自然》的包容和开放也让人感慨。在科幻电影《地心引力》上映时，这个杂志居然还发表影评。在中国，科幻往往是不被容忍的。在二十世纪八十年代，它曾被当作“精神污染”而遭清除。现在，还有一些科幻小说，莫名其妙就不让出版或发表，有的科幻文集被删得七零八落。中国也有一本《自然杂志》，是国家的核心期刊，但我没有听说在上面刊登科幻小说。

这又让人想到科幻作家刘慈欣说的：“在中国，任何超脱飞扬的思想都会砰然坠地——现实的引力实在是太沉重了！”

二、五花八门的奇妙未来

我觉得，江晓原他们做了一件大大的好事。当然了，他们也提出一个观点，认为《自然》上的这些科幻写得比较平庸。是的，按照主流文学标准，也许都称不上小说。不过，在我看来，这些作品，绝不是平淡无奇，相反，它们极有意思，也极有意义，至少给我带来很大的震撼。

江晓原他们讲到，这些科幻小说的一个重要价值，是让我们可以从中领略到国际上科幻创作的反思科学的主流倾向，另外，它帮助人们了解《自然》究竟是什么样的杂志。而我则觉得，这个集子收录的作品的最大特点，还在于它们展现了科幻的特质和审美，代表了人类对未来的多样性的向往和探索。

这里面，原创性的“点子”闪闪发光，在构造科幻中起到很大作用。作品大都充满对未来世界的尽情想象，并把这种想象建构在科学性上。能发表在《自然》上的，自然是基于一定的新技术、新理论，这部书的分章，也按照反乌托邦、机器人、人工智能、脑科学、克隆技术、永生、植物保护主义、环境、核电污染、地外文明、时空旅行、多重宇宙、未来世界、科技展望等主题来设置。不少作品很“硬”。读者从中看到了一个由科学技术进化带来的千变万化的人类未来。这是科幻最为激动人心的。

另外，我觉得，从形式感上观察，这些作品是介于人的创作与机器人创作之间的新型文学。科幻小说是人类历史上“自古”没有的，至今仅仅约两百年历史，还在发展演变中。日本科幻研究者木村生死曾说：“断言蕴含哲学的小说是‘文学性的’人们，也许会说包含科学的小说没有‘深度’。他们也许会觉得描写宗教性质的烦恼的是‘纯文学’，对于科学发明绞尽脑汁去描写只是一些皮毛。不过，这种认识是仅仅接受文化系统的教育、只知道哲学的文学青年的偏见。”我想，或许未来的人类更愿意阅读类似于这本文集中《随机存储器相移2》假想的机器人写出的那种小说吧。

下面我介绍文集中一些作品的内容，以观其妙：

设想通过生物技术，造出完美女人，把她作为武器，则男人完全不设防。但印巴战争中，印度研制出了基因改良性佛陀，对女人免疫，使美女武器失败。最后，双方重新诉诸核战。(《施塔特勒的奇想》)

爱是任务驱动，次级命令失败，爱为无人机增添探试程序，以捕捉恐怖分子。(《完美爱人》)

未来的城市悬挂在上百座五千米高塔上垂挂下的纳米细丝上，被病毒感染的空气冲浪爱好者从几百层的楼上往下跳，但智能螨群把他们救援出来。(《坠落》)

未来的城市没有了秘密。全体市民成为泛大都市驱动体。整个城市是一只超级硬盘，供生活在里面的人存储、解码、交换信息。每个人都能尽情读取对方的信息。(《20-2》)

用人工合成技术就能制造葡萄酒，迪奥公司的产品与最好的酒从分子层面上一模一样，无法辨别，传统葡萄酒厂纷纷倒闭。(《无法模仿》)

经高科技处理的尿液成为巨大产业，有益健康，喝尿成了日常生活一部分，尿成了“青春泉”。(《纳迪亚的花蜜》)

商业化的个人忠告设备像真实的大脑一样提供参考信息，把它们发送给宗教群体，将事实呈现在视网膜上，帮助信徒们重新选择信仰。(《推销手段》)

未来将盛行克隆肉贸易。获取名人细胞，出售给买家，让人享受噬吃仇敌肉的快感。自己也可以克隆自己的肉来吃。这催生了新的保镖产业，用严格的生化防护，防止细胞的流通和进出。(《肉》)

利用复制替身，与财团作战，这种克隆体，是可以克隆记忆的。他下载杀手的记忆。主体，即拥有灵魂的那个，失去复制件后，会产生幻肢综合征。(《迪昂·哈勃之痛》)

信息交换神经芯片，助人连入超感网络。超感网络是人类进化的下一个阶段。可以随意存取人类大脑的每一个神经细胞，把个体的人变作大脑网络中的处理单元。它最终接管了警察部门和政府军队。(《超感网络》)

阅读对方大脑，或心灵连接，最开始是用于医疗，帮助有心理障碍或心理疾病的人。后来到了普通人那里。涂抹一种黑粉，大脑意识会遍布全身。对方不仅阅读，还植入以自己为中心的强迫回路，用来

控制人。另外，与万物连接，感知万有精神。（《证明万有精神论》）

一种植入大脑的软件，可提高理性分析能力，但会被黑客软件篡改，从零级到四级，使精神能力迟缓、降低，甚至关闭。（《贾罗德·福斯特的报告》）

模拟大脑细胞的美罗芯片，接入互联网，足够多的话，可使芯片网络变得像大脑一样复杂，并产生意识。设计者用某人名字命名模拟线路，结果整个网络都为这个人服务，使他成了国王一样的人。（《高迪给了我你的名字》）

对罪犯的惩罚，是让他得上一种病，进行基因修理，在可控时间内让他智力下降至三岁儿童。这样，也不会被关在监狱，而是进入人文关怀的研究机构。（《适罪量刑》）

智能伙伴代替狗和其他宠物，陪伴人的一生。（《智能伙伴陪伴的一生》）

在生物学意义的人的基础上，发展出的电子人，他和原来的版本，谁是正宗的？谁才是那个他？谁才是真实、完全的某人？法律裁决电子人才是。而生物人就像蛇蜕去的皮一样，不再能视作新生命的一部分。（《终极审判》）

行为被编程得像乔治·华盛顿的人工智能参加总统选举，差点击败人类候选人。出生的含义不限于生物学事件。（《候选人》）

机器人写作小说，与人类的主题结构有很大不同。出现了硅基生命文学史。（《随机存储器相移 2》）

催化抗体在体育比赛中被滥用，放大人的能力。保险公司退出。体育比赛消失。机器人运动员接管了赛场。足球被暗中赋予智商，设计者远程控制球路，操纵赌球。（《超级赛事》）

奇点将在二〇四五年来临，机器代替人，但是，遇到了充电问题。奇点需要很大能量。之前的二十四小时，最忙的是充电员，但是仍没充好电，倒计数结束，奇点来临不了。在未来，能量仍是决定一切的。（《充电员》）

利用细胞再生停止手术，让人永生，但此项技术不能应用于成人。（《不老猫咪》）

端粒酶，使细胞永生，避免DNA像旧绳的两头一样被磨损。身体备件，明码标价出售，有心脏、肾、肺、肝之类，是用从胚胎、胎儿组织，或是从你鼻尖上刮下的皮肤培养出来的。另外还有纳米技术，让身体盛满新鲜的合成血浆，可能还更换了新的皮肤。为什么追求永生？因为你具备这样的实力。每十万英里或每十年，人体器官更换一次，只要有现金或支票。合成关节，人造颧骨，不锈钢支架，齿轮齿条转向器。“新生活乐趣”被赋予了全新的定义。无论有什么捏、切、转、换、变的需求，呼叫医生就行！（《因他已啜饮蜜露……》）

中央交通控制电脑控制人的内啡肽和肾上腺素，让司机觉得堵车是种愉快。（《快乐旅程》）

原始人重新出现在地球上。（《我们并非人类？》）

有一种药，能让老夫老妻重回年轻时的相互迷恋状态，结果却很尴尬。（《爱情药剂》）

食物中加入了组织胺，能刺激产生特定的感官反应。暴君吃了，会掉泪，祈求人民的原谅。（《舌尖上的神》）

星际旅行是逃避世界末日和所有道德义务的一种可行的办法。（《世界尽头的热狗》）

灭绝的物种并非毫无用处，它们才是解读信息的钥匙。（《阿尔

比阶信息2047》）

遗传学和生物化学在月球上创造出模拟地球的灿烂秋天，用来保存逝去爱人的记忆。（《爱丽丝的秋天》）

像翻线一样的多维间的宇宙穿越旅行制造出许多个副本。（《隐身人》）

用“活骨”建造直布罗陀地中海堤坝，也重构人类本身。（《为与不为，皆遭毁誉》）

太空不再属于第一世界国家，它属于每一个人。（《玩具飞机》）

把量子力学的不确定论与毕加索的艺术联系到一起。（《毕加索的猫》）

所有东西都具有智能后，会怎样？阳台上的喇叭花也在为你服务。（《喇叭花是我的好朋友》）

在未来，科学共同体卷土重来，从全球军工企业精英手中夺取权力，成为主导一切的国际超级组织。（《最后被解放的普罗米修斯》）

未来的战争，死者的神经线路可以再生，让残存的躯体和大脑继续发挥作用，重返战场。另外，所有士兵可以立刻合为一体，成为装甲部队本身。死去的个体重复循环战斗。（《勇者无畏》）

未来的国王，可能是两栖哺乳杂合后代，由有袋目哺乳动物做代孕母体。（《青蛙变王子》）

儿童生活在幸福世界，拥有迷你智能克隆宠物，有定制的商业表演，整个天空由绿色的猪拼出生日快乐。（《飞猪》）

二○五○年是自学成才的物理学家的极乐世界。在具备开放阅读、超级宽带和巨大存储空间条件的新世界里，物理学是一门只需屁股坐定就能搞出来的学问。人们只需要找到一种途径来发泄他们对物理学

的热爱。不必为“发表论文”操心。博士头衔、学位、研究成果，都是垃圾。(《象牙塔》)

未来将出现一个完美的世界。所有海洋陆地资源的存在只是为了满足人类的需要。人类可以通过他们的双手发明创造需要的任何东西。我们的文明生机勃勃。人有着无穷无尽的机会：可冥想思考，可建功立业，可追求自由，亦可娱乐至死。这是共产主义社会吗？（《取之有道……》)

造出了完全逼真感的虚拟现实世界。(《真做幻时》)

……

三、时代差

从这些小说中，读者能看到一种大胆的杂糅。也就是把不同的领域连接在一起，科学、技术、哲学、社会、宗教、文学混合在一起，从中产生“创新”和“趣味”，很多想法是当前的中国科幻小说中没有的。

除了思想点子，作品还提供了一种崭新的写法，或者风格，就好像是未来人写的，坦率来说，有的要看第二遍，才能体会里面的精妙味道。我读的时候，好像李白来到二十一世纪，读我们写的文章。这是真正的科幻。

这些科幻小说，很短，但很闪光。一个思想、一个片断、一个场面、一个人物，勾勒出一个让人惊异的未来世界，看似荒诞，却展现出人类明天将要遭遇的种种可能。很多新词汇，让人眼花缭乱。难怪，要集中在“未来”这个栏目下发表。

这些科幻，许多仿佛是在闲适的状态下写的，不少还很轻松幽默，与中国科幻的一些急功近利的做派，并不相同，

读这些科幻，好像又来到了斯坦福大学的虚拟实验室，那便是科幻成真的一幕。

如今的前沿科学家、创新型企业家做的，其实就是科幻小说。是科幻在鼓励他们十年如一日做下去，让他们疯狂地去想象，最后产生出特斯拉、Space X 那样的东西。

由于美国的法律鼓励，美国大学老师可以把超前的研究成果转换成现实产品，在一些不起眼的角落里，新的颠覆性创新正在产生，却没有被中国人注意到。这很恐怖。

读了《*Nature* 杂志科幻小说选集》，我产生了一种感觉，那便是，美国或许没有我们描述的那么腐朽没落，而是仍在爆发出很吓人的创造活力。资本主义尚未死掉，美国被继续称作“创新实验室”。而这不仅仅是在硅谷，在纽约、在匹兹堡、在华盛顿周边，都有破天荒的新东西产生，比我们的“双创”要厉害多了。

二〇一五年五月二十七日，中国主流媒体曾以《美国女共和党总统参选人发厚华言论》报道，刚宣布参加美国总统竞选的惠普前女 CEO 卡莉·费奥里娜在美国艾奥瓦州和一群政治博客写手聊天时，称中国人很擅长考试，但没有想象力、创业精神或创新意识。她还在《直面挑战：我的领导生涯》一书中鲜明地反对通识教育，写道，中国的教育体系“过分追求学生同质化发展，对学生管理过严”，而不鼓励他们冒险以及发挥想象力。

当然，她这样讲也许是没有道理的。像《*Nature* 杂志科幻小说选

集》这样的书能在中国翻译出版，就说明中国还是有人在鼓励冒险及发挥想象力的。而且，六月四日出版的第五二二期的《自然》“未来”栏目中，赫然可见中国西安交通大学人文学院青年教师王瑶（笔名夏笳）的科幻小说“Let’s Have a Talk”（《让我们说说话》）。

（二〇一六年一月十日）

科学理性违反人的生物特征

六月四日，去杭州，参加浙江大学的精英团体挑战赛活动。

活动以《三体》为主题，学生们根据小说中的情节，做商业设计，比赛怎么买飞船啊，建矿山啊，等等，以求在黑暗森林的环境下生存并赚钱，最后评奖。

五十天里，有三十多个团队参加，最后六个团队胜出。头等奖两千五百元。这是拉的赞助。组织活动的学生说现在拉赞助不易，因为经济形势不好。奖金不如去年。

刘慈欣比较忙，没能到现场，发来视频祝贺。宝树也发来祝词。

我和江波作为嘉宾，到现场跟同学们做了分享。

此次去杭州是坐的高铁，六小时。途径徐州、南京等地，心潮起伏。

我意识到，自己很早就答应了下半年几乎所有的外地邀请，与我无关的，与我有关的，都有。

为什么要去呢？我不喜讲话，不喜公共场合，不喜跟人吃饭，人太多我不习惯，也没有太多时间。

在浙大，我讲道，当年我做学生时，写科幻，很难，受到了前辈的鼓励和提携。没有他们，我就没有今天。因此，今天就要回馈。只要时间不特别冲突，我都尽量答应来跟同学们交流。也许在哪儿就能帮上年轻人。

但仅仅于此吗？

这回到浙江大学，见湖光山色，风景优美，河中有划龙舟的，看得人发呆，却惆怅失落。

也许，是因为气势磅礴的二十国集团峰会要在这里举行了吧。

所幸，江波的演讲很有意思。

他的题目是“头顶的星空和心中的道德律”。

他说，其他小说不会动摇世界观，只能影响人生观，但科幻小说是动摇世界观的。

他说，科技发展今后有三个方向，一是宇宙科学，二是生命科学，三是人工智能。这些都是头顶星空跟内心道德的结合。

他展示了哈勃照片。望远镜拍摄很小一块星空，看上去黑漆漆一片，什么都没有，但看了三个月，发现那里是无数的河外星系。

他问，卡尔·萨根的《暗淡蓝点》，在座者有看过吗？无人举手。

江波说，萨根曾提议，让飞往星际空间的旅行者一号，在途中转过头来，拍一张地球照片。美国航空航天局接受了。那时旅行者一号在天王星轨道，距地球五点五小时光程。拍下来的地球，是一个看不清的模糊小点。

那是一九九〇年的事情。我看到江波所示照片上的那个小点时，努力寻找彼时那个被称作“我”的躯壳在地球上的存在。顿时整个身心空虚掉了。

江波说，科学是非常难的事，尤其坚持科学理性。看看有多少人迷信、信仰宗教啊。

他说，因为科学理性违反了人的生物特征。但是大学生必须具备科学理性精神。

他说，宇宙那么大，却在照片上，如此之小，太简单。而生命，复杂、精巧，让人觉得是设计的。从无机物，到有机物，再到生命，其产生是必然的，与地球结构联系在一起。

因此，生命跟宇宙星空是联系在一起的。

人工智能，则是科学与科幻交汇。阿尔法狗，是第一代算法的应用，人们正在研究更精深的第二代算法，这将逼近人的大脑。

江波说，科幻是审美，审美本身是科学。科幻的核心，是科学理性。

他说："科幻，试图穷尽未来的可能性。"

在这个意义上，科幻是头脑风暴。

他说："这是我的世界观。从我的小说中，能看到宇宙，很大，井蛙不可语海，夏虫不可语冰。念天地之悠悠，独怆然而涕下。就是这个感觉。而生命广泛，沧海桑田，生命崛起。智能，是进化的优化策略，是对环境的广泛适应。人工智能，人类造物崛起，只是一个时间问题。"

他引用自己书中的话：银河在上，文明永生。

他说，体悟，一是宇宙的客观规律；二是人能做什么，要延续生命和文明。

最后，他用威廉·布莱克的诗收场：把无限握在掌心上，永恒在一刹那里珍藏。

听了他的演讲，我感到一种伟大。那样的一个人类无法想象的宇宙，无限的未知，其实全都在江波的脑海里了。人类是多么了不起啊。难怪他写出了《银河之心》这样的杰作，描述了人类和宇宙的终极归宿。

江波说，他写他热爱的东西，商业和市场，先放一边去。但他作为“七五后”，对身边缺乏同年龄段的同道，感到困惑。

江波是浙江人，作为一位清华毕业的工程师、一位父亲，他是能把人和宇宙打通的那种作家。

以前，我的眼中只有天地，没有人，这正是不少科幻作家的通病。

这样的后知后觉，来得太晚了！

（二〇一六年六月六日）

给河北希望小学学生上科幻课

给农村希望小学学生上科幻课是党的群众路线教育实践的一个内容。对于单位分派的这项任务我花了很多时间准备。要去的地方是希望工程发源地河北涞源，那里有一个桃木疙瘩小学，也叫北京升旗希望小学。

我很纠结，不知怎么给那里的学生讲科幻。有报道说，近年涞源希望小学学生去广州，对广州孩子一日三餐大不理解，因为在涞源，老百姓很穷，一天只吃一顿。前年有北京人去桃木疙瘩小学支教，在该校食堂吃饭，结果孩子们都回家吃了。问为什么？老师回答，因为你们来了，提高到一人三元的标准，孩子们吃不起。小姬帮我邀请了夏笳一道去讲，因为笳子支过教，有经验。但由于单位程序上的某些原因，夏笳最终未获批准。我只好鼓起勇气自己前往。

九月十五日抵达涞源。这是国家级贫困县。在县城的白石山宾馆住宿一晚。次日一早，离开县城去学校。县委宣传部部长、教育局长、旅游文物局长皆陪同。经行的公路，就是当年日本“名将之花”、山地战专家阿部规秀走过的那条路。阿部中将在涞源被八路军击毙，是抗日战场上战死的日军最高级别军官。

颠簸一小时，到达东团堡乡中心小学。乡长、校长、副校长俱来迎接。才知桃木疙瘩小学已合并于此了。乃是因为近年农村进城打工的人太多，把孩子带走了，生源缺乏。现在只在少数村里设有教学点。学校的情况比想象的要好，有两层楼的教学楼，有很大的操场，但跟北京实验二小之类相比，尚存科幻般差距。这里共有四百余名学生。我们正赶上升旗仪式，场面一下变得庄严肃穆。孩子们刚才有玩有闹，顿时安静有序下来。升旗毕，一名年轻女老师念诵了一篇关于建设和谐校园的文章。又有一个女学生代表念诵了一篇谈及感恩等等的文章。我与校长并肩而站，心情非常激动。随后单位捐赠了英语教材和月饼。上课前我感到分外紧张，提出先去趟洗手间。校长不安地说，怕这里你不习惯。其实也就是旱厕，我上小学那会儿也这样。

终于走进了课堂。教室里坐满四年级的四十多个学生。脸蛋儿红扑扑的，穿着花样百出的衣服，无统一校服，眼神纯净、热忱而好奇，双手交叉伏在桌上，身板坐得笔直。墙上贴了各种格言警句。讲台后的黑板上用白粉笔书写了“韩松，科幻作家”几字。我在“科幻”下划了一道线，问他们知不知道科幻。沉默。知道科幻的举手？没有一个人举手，有孩子轻轻摇头。我顿感手足无措。如今在北京城，好多小孩子都通过电子游戏和好莱坞电影接触过科幻，家里往往会有凡尔纳的书。

我于是在黑板上用粉笔写下“科学＋幻想”几字，告诉他们这就是科幻。科学，上自然课时，老师讲到了吧？幻想，是想象那些没发生的事。科学加幻想，就能把现在没发生的事在未来变为现实。

我让孩子们想象一下：你们心目中，未来的学校是什么样？又沉默。我感到更大的惶恐。仓促中我指了指坐在前排的一个小男孩，请他回答。他忸怩地站起来，嘴唇翕动了半天也说不出话。好在这时后排有个女孩举手了。我获救一般对她说："你！"她勇敢地站起来："高楼大厦！"随后又有几个孩子在她的鼓舞下举手，告诉我他们心目中未来学校的形象。我一边听，一边在黑板上记下：一、高楼大厦；二、卫生干净；三、有花草树木；四、科技很多（问这个女孩什么样的科技呢？她却答不出）；五、空气新鲜；六、没有打架（一个小男孩说的，大家都笑了）；七、有公共秩序；八、美丽整洁；九、遵守规则；十、积极发言。

这就是距北京一百六十公里的一个乡村小学四年级孩子们想象中的未来学校。不知怎么的，我更加心慌，但还是硬着头皮讲了下去。我讲了《小灵通漫游未来》。那里面写到了未来的学校。叶永烈这本书写于一九六一年。一个叫小灵通的男孩，去到未来市。小灵通看到了什么呢？他看到，那时孩子们上学，是坐飞行汽车，这样不用担心走山路。科学家还能控制气候，天天出太阳，所以不用害怕冰雪阻路。那时没有了农村城市之分，庄稼都种在"农厂"里，所有人都上得起学，也就没有了希望小学（这时我把迟叔昌老师的《割掉鼻子的大象》也掺和了进去）。那时的学校，的确是高楼大厦，一个阶梯教室里坐上千名学生，跟体育馆一样。没有黑板，用电子屏幕，老师讲到某个知识点，屏幕上就出现相关影像，宇宙飞船什么的。大家还可以随时走出教室去上课，坐原子能飞机，十分钟飞到北京，到天安门广场上课（此处有演绎），或者干脆上午到巴黎和伦敦上课，然后到金字塔下吃午餐……我看了看下面，孩子们好像并没有显示出有多么感兴趣的样子。我口吃了，心里越来越不踏实，就好像在说一个弥天大谎。但我继续勇敢地讲下去。我又讲到《安德的故事》，未来的学校可能是一个军校，因为外星人来了。外星人你们知道吧（有一个女孩点头）。外星人有好有坏，对坏的外星人，大人打不赢，但小孩子能打赢，因为他们的头脑比大人聪明，于是就被送到军校……这时我完全不知道怎么讲了。我解释不清为什么安德坐在电脑前，就能用模拟的方式把实境中的虫族全部剿灭，而且过后他还产生了道德和哲学上的困惑。

好在，借助外星人的来临，我终于讲到了《乡村教师》，向孩子们介绍了刘慈欣老师。我讲在刘老师看来，外星人都喜欢打架，分成好些派，地球挡了他们的进攻路线，因此他们就想毁灭地球。但有个别好心的外星人，想验证一下地球上是不是有文明和聪明的人，如果有的话，就不毁灭地球。但那时地球人都忙挣钱了，都不学习了（此处也有演绎），然而刚好有一个乡村学校，有一个老教师，吃咸菜也要坚持教学。他教了学生牛顿三定律。什么是牛顿三定律呢？那是你们上中学后才能学到的知识。大概就跟小学学的一加一等于二，或者圆柱体的体积等于底面积乘以高一样，是支配宇宙运行的基本定律。外星人让地球人问答牛顿三定律的问题，来考他们，结果这些学生答对了。于是就没有毁灭地球……我讲到这里，看到好几个孩子打呵欠了。更多人的表情迷惘。我越来越语无伦次，但我坚持讲完了，就像那个乡村教师坚持把牛顿三定律讲完一样。我结结巴巴地说，这说明，不管多么困难，只要我们坚持学习，终有一天，我们不但能救自己，还能救地球，还能救太阳系。

本来，我还准备了其他一些科幻故事，像《布克的奇遇》《海底两万里》和《侏罗纪公园》什么的，但我已经没有信心讲下去了。我做贼似的，把爱因斯坦那句“想象力比知识更重要”小声说完，便宣告结束了。我问孩子们有没有问题问，但他们只是像湖水一样平静地凝视着我，没有一个人举手或说话。我羞惭地下了台。课间休息时，我问一个叫王桂红的来自三甲村的女孩，听明白了吗？她困惑地看着我点了点头。

紧接着发生了更让我崩溃的事情，那便是接下来由我的同事刘伟给孩子们上的一堂英语课，场面完全颠覆了科幻课。从头至尾，刚才还沉默的孩子们，踊跃举手，掩口而笑，眼里闪烁着思索、恍然大悟、神往、有趣、生动活泼的光芒，还争相跑上讲台，用刘伟提供的道具做鬼脸，扮出各种表情，下面的孩子则根据表情，洪亮地说出相应的英文单词：fierce，frightened，happy，hungry，good……发音标准，无一错误。他们大声朗读课文，还分成男女两组竞赛，争先恐后发言。当刘伟利用图画要他们分辨哪是 man 哪是 woman 时，一个小女孩大胆地站起来说：那是“daddy”！下课后，他们还把刘伟团团围住，问了许多的问题。这时我恨不得打个地洞钻进去。

走出教室，我木然站在操场边，久久看着孩子们奔来跑去，笑逐颜开，觉得这些农村孩子，跟城里孩子一样智慧、聪明、纯真而可爱，并且头脑里一定充满各种奇妙幻想，然而我却可耻地没能把它们激发出来。因此，不是科幻的问题，而是我讲得太笨。我不会讲故事（甚至不善讲话），没有利用道具，也不善沟通交流。事实上，有很多极好的科幻故事，能让孩子们听得入迷，进而影响或改变他们的命运。我在东团堡乡中心小学产生了一种愿望，就是我有一天也能像杨鹏一样写出孩子们也能读懂的科幻小说。我也期盼有更多的科幻作家，到农村去，到田间地头去，给孩子们讲讲未来，讲讲科学和幻想。这也正如校长所说，希望小学现在需要迎来第二个春天，那就是要提高教学的综合质量，开阔师生们的视野，而不是仅仅解决孩子们钱物上的困难。我很同意，我觉得，这些农村的孩子，同样是中国的未来，不但不要让他们失学，不要让他们中的男孩子因为没钱而去偷盗，不要让他们中的女孩子因为没钱而去卖身，不要让他们读了大学后找不到工作，不要让他们为住房和医疗还一辈子债，而且，还要让他们成为新思想、新文化、新财富的创造者。但这是何其科幻的一个过程。所以那些毕生坚守在乡村的老师们真是值得敬佩，我终于懂得了刘慈欣为什么要把他们写入科幻。

次日，看到《中国青年报》文章《科幻是孩子通向未来的点金石》，又感触了一番。

（二〇一三年九月十七日）

给北京重点小学学生上科幻课

其实我最怕给小孩子讲课，面对他们我会想到《蝇王》。去中关村一小天秀分校的路上我还这么想着。应这所学校老师的邀请，我要去给小朋友们讲一堂科幻课。

两个月前我曾去距北京仅一百六十公里的河北省国家级贫困县涞源县，为那里的一所希望小学四年级孩子讲科幻课，结果很崩溃。所以对于这次前往，有种赴死的感觉。但因为是受同事之托，还是硬着头皮去了。

十二月十三日下午，在同事的陪同下，出了安河桥北地铁站，就像是到了北京郊区。一片黑车。又是冬天，北风刺骨，到处布满犯罪般的萧瑟感。

打了一辆车，先经过中关村一小党校分校，随后便到了中关村一小天秀分校。眼前骤然出现了宏伟的红色大楼，而学校临街的一面墙上，镌满一大片各种荣誉牌匾。忽然有了一种天上人间感。根据百度的介绍，中关村一小创建于一九四九年，“立足北京，辐射全国，走向世界”是学校发展总目标。

进入校园，见大楼上，用中英文写着“用国际视野培养全面人才”

的大字。其实这便是学校请我来讲科幻的一个理由，老师们希望拓展孩子们的眼界。上一堂课他们请了大学国学教授来讲中国文化。

进入教学楼，便看到廊柱上，贴满小朋友画的画，不少是科幻主题。另外，还有各种兴趣活动的照片，包括这个学校的学生“宇航中队”与杨利伟的合影。

我来到三年级一班。这时是中午一点。班主任梁老师迎接我，同学们也拥出，礼貌而热情地跟我打招呼。教室墙上写有“科学启智，教育立身”的大字。

这个班有三四十名学生，平均年龄八岁。梁老师问小朋友：你们知道韩老师吗？令我大吃一惊的是，竟有一些孩子高高举手，并说出我写的科幻书名：《宇宙墓碑》《红色海洋》《地铁》……这实在太科幻了。

梁老师对我说：“在百度上看了关于您的介绍，知道您写的那些科幻，不适合孩子读，这次就算是让他们开开眼界，接触一下吧。”

事实上，为迎接我的到来，梁老师为孩子们布置了科幻作文。厚厚一叠写有铅笔字的稿纸交到我手中。我大致翻看了一下，感到孩子们的想象力非常丰富。我们科幻作家平时涉及的那些主题，上天入地，宇宙未来，他们都写到了。

我站到了讲台上。黑板边是一个触摸屏的液晶大屏幕，有孩子上前来，热心地教我如何插上 U 盘，告诉我怎么使用这个设备。

一点十分，正式开讲。总结在涞源东团堡乡中心小学的失败经验，这回我准备了幻灯片。但讲课的思路还是涞源的，因为我想对比一下，农村孩子与城市孩子，在面对同样的科幻问题时，究竟有何不同。

我首先问，知道什么是科幻吗？在涞源，这个问题提出时，几乎同样年龄的孩子们一片沉默。而在这儿，哗，一片孩子举起手来。有孩子说，就是科学幻想嘛。又有孩子说，是关于未来的。又有孩子说，是那种超现实的……

我有些激动了，说，是的，科幻，就是利用科技对未来的想象。接着我问了一个在涞源问过的问题：大家能想象一下未来的学校吗？

又立即举起了一大片手，男孩女孩都有。有孩子说，会有很多高科技。有孩子说，会有机器人，把食堂的饭端到课桌上。有孩子说，座位会移动，会飞到外面几千里去。还有孩子说，上课会像 5D 电影一样……

这与涞源不同。关于未来的学校，农村孩子给出的描述，主要是高楼大厦、卫生干净、有花草树木、空气新鲜、没有打架、遵守规则、积极发言等。

接下来，我讲到了科幻中关于未来的衣服，未来的房子，未来的交通……当然，还有机器人。我精心选择的幻灯每放出一张，必定引起一片欢叫。小朋友们精通《阿凡达》《星球大战》《机器猫》《机动战士高达》和《新世纪福音战士》。往往是我还没有来得及讲，他们便争先恐后举手，要求发言。

有孩子说，未来的衣服，是那种左边一个按钮，右边一个按钮的，一按，衣服就可变色，还可变暖，可变冷……有个孩子说，未来的衣服，是可以用来传送照片的。

我提醒他们，还会有隐身衣。孩子们纷纷点头，说知道，当然知道。有个孩子提问：韩老师，如果大家都穿上了隐身衣，那不乱套了吗？

的确，科幻作家好像没有写到这个问题，往往只是写一个坏人穿了隐身衣，到处捣乱，然后公安便去把他捉住。是啊，如果十三亿人都隐身了，会怎么样呢？中关村一小这位孩子的问题，是一个很棒的也很深奥的社会科幻题材。

关于这个问题，有孩子回答，都看不见了，走路会互相撞在一起。还有人说，可以用扫描方式来区分他们呀。

关于未来的交通，孩子们向我提出很多问题：都用了太阳能汽车，如果到了晚上呢？阴天和下雨怎么办？如果万一没能充上电呢？半夜里，爷爷要去医院，忽然发现开不动车，怎么办？备用能源也没有了怎么办？出了其他问题怎么办？他们显得很有忧患意识。最后问得我也没有办法，就说，那么，只好用手推了。孩子们都乐了。

我讲到一种科幻中的旅行方式，就是把人分解成基本粒子，然后瞬时传送，再在千里之外重新组装复原成人。有孩子问：用打麻药吗？

孩子们的作文中，有一些讲到了时间旅行，到未来世界去。我对他们说，还可以坐时间机器回到过去。我讲到了《回到未来》这部电影，里面有个小孩回到过去，看到他的爸爸妈妈正在谈恋爱，但妈妈讨厌爸爸，不想谈了……马上就有个学生说：那么，那个孩子就会不存在的。我说，对，于是，他就想办法帮助爸妈，让他们在一起。

我讲到了飞向太空。我问：太阳系有哪些行星？小朋友们在座位上纷纷掰手指头，全给数了出来，课堂上一片天王星、海王星、土星、火星……的声音。当幻灯片上出现太空城时，马上有孩子大叫：《地心引力》！我问，有多少人看过？又有一片孩子举手。有孩子说：只有一个女的活了下来！我给他们讲，太空很危险，寒冷，没空气，失重，辐射。有孩子说：还有陨石呢。

接下来讲到去更遥远的太空，去银河系，去河外星系。我问：知道怎么旅行吗？孩子们又一片举手。我点了一个小男孩，他说，折纸啊。把一张纸对折起来，两个相距很远的点就对上了。这样就可以到达了。又有孩子说，黑洞啊。又有孩子说，虫洞啊。他们甚至都没有一个字提到宇宙飞船。

随后，进入了外星人的议题。马上有孩子要跟我讨论五十一区。他们对外星人这个话题十分感兴趣，发言更踊跃了，结果梁老师不得不干预，说，时间关系，等韩老师讲完，再集中提问吧。

本来只讲三十分钟，结果不知不觉五十分钟过去了，两点了，广播响了，做眼保健操。孩子们不舍得做操，有的装作做的样子，一边揉太阳穴，一边跑上讲台来跟我讨论。有个孩子拿出一辆插满电线的汽车模型给我看。还有一些孩子跑到大屏幕上翻看我准备的幻灯。

梁老师问：还要不要讲啊？孩子们大喊：要讲，要讲！于是，做操结束，我又讲下去。我讲到怪兽，讲到哥斯拉，孩子们说，让奥特曼来打呀！当幻灯片上出现《环太平洋》画面时，孩子们又是一片喜悦的呼喊。实际上，他们在作文中也写到了这部电影。

中关村一小天秀分校三年级一班的这堂课，让我觉得，科幻在中国大有前途。

但是，科幻是分裂的。我会更多地想到涞源的希望小学，想到那些连学校发的矿泉水都舍不得喝、面对科幻作家尴尬无言的孩子们。我觉得更加恐惧。

另外，中国的未来其实是可怕的。因为城市的孩子知道得太多了。

梁老师说，孩子们答问中涉及的不少知识，她也第一次听说。孩子们对世界太好奇了。但他们想要知道的、想要拥有的很多东西，是中国的环境在很长一段时间里都不能给予的。大人无法满足他们。孩子们长大后，就会失望。如果说八〇后、九〇后还能忍耐，那么〇〇后说不定是会造反的。

（二〇一三年十二月二十一日）

自嘲的艺术：当代中国科幻的一些特征

我和飞氘是来自北京的科幻小说作者，写科幻是业余爱好。没奢望能来开这个会，因此诚惶诚恐。科幻小说是小众文学和边缘文学（是否是文学尚有争议，姑且称之）。大家谈青春情怀、中年危机，我们感觉不到，在中国，科幻被定义为儿童文学。中国作协由少年儿童文学专业委员会来主管科幻。当然，它是真正的新文学。其他文学所表现的形式和内容，中国自古都有了，但只有科幻，是二十世纪才出现在中国的。有人爱它，比如鲁迅，说导中国人群以前行，当自科学小说始。他率先翻译了凡尔纳的小说。有人怕它，认为是大毒草，是资产阶级自由化。有人问：你们老写外星人占领地球，那么，党又在哪里呢？但这挡不住科幻生长。新世纪十年，热爱它的中国年轻人越来越多，他们称自己为“科幻迷”。科幻迷的劲头，有些像八十年代的文学青年。科学加文艺，几乎成为一种生活时尚。他们自己办网站，办沙龙，拍电影，画漫画，搞翻译，建组织，办读书会，办协会（比如全国的主要高校都有科幻协会，包括上海的复旦和同济，还有科学松鼠会、四十二工作组等）；他们还自己办杂志（比如《新幻界》）；还给喜爱的作者和作品评奖（比如七月中下旬颁发的“星空奖”）。科幻网站的人气很旺。一些科幻小说被译作外文。西方有人认为，世界的下一个科幻增长点在中国。

科学文艺为何会在新世纪产生吸引力？

一个是想象力。在一个缺乏想象力的国度，科幻解放了想象力。比如科幻最早想象了网络如何改变人类生活，包括改变了文学。最近在《新幻界》上看了上海作家潘海天的《春天的猪的故事》，他想象全中国人在汶川大地震后受到猪坚强的启发，拼命从地下挖猪，挖出了猪太强、猪更强、猪最强，开挖了一个又一个的猪矿，猪像洪水一样从地下冒出来。中国成了猪的国度。最后，数量多达一百亿头的猪认为中国人不值得拯救，集体飞向太空。这当然不仅是想象力。潘海天的故事很像奥威尔和卡夫卡。

二是传奇性。科幻继承和发展了文学的传奇性。科幻善讲故事，它有时骇人听闻而匪夷所思，有时出人意料而充满悬念。在国外，电影《阿凡达》就是科幻传奇性的代表。

三是它很直接而真实地反映了这个时代的命题和困惑。科幻不是不着边际的幻想，也不是简单的科普，在新世纪，科幻更多地关照了人们在科技时代感受到的荒谬和失落。我们生活在一个由农业到工业再到信息社会的转型中，相对论，量子力学，基因技术，就在我们身边的现实中作祟，并与政治经济的巨大变化交织一起。中国几千年的文明发展到今天呈现出比科幻更加科幻的特点。我们感受到人性在世界、未来、科技、资本、权力的五重架构下异化，而五四以来的民主和科学精神并未完全成为现实。科幻作者有一种强烈的欲望，要把对荒谬生活的恐惧表现出来。科幻的最大主题是恐惧。我们试图秉承《一九八四》《五号屠场》《万有引力之虹》的文学先锋精神，并把它中国化。比如说楸帆的《鼠年》，他写的是大学生毕业后，找不到工作，彷徨徘徊，最后只好响应号召，加入灭鼠大军。这种鼠，是生物科学大发展时代变异的或者像大学生一样异化的“新鼠”，战斗极其残酷，最后灭鼠队自相残杀，人性毁灭。王晋康的《蚁生》，则描述了“文革”中的中国人在科技的作用下，像蚂蚁一样生活的真实场景。还有刘慈欣，写普通中国老百姓在面对宇宙这样大尺度、这样充满机械感和压力感的巨物之下，怎么艰难生存，写科技把富人与穷人的关系变为人与狗的关系。还有探讨终极存在与渺小的个体的关系，像飞氘，他写了《一览众山小》，把孔子的求索与宇宙的真谛联系在一起，像康德那样提出了心与物的困惑问题。还有像赵海虹，写两性关系的扭曲，写人究竟是什么，写人与机器究竟有没有区别。科幻还是展示无穷可能性的，在来开会的路上，飞氘提出一个话题：时间机器是西方资本主义发明的科幻道具，如果我们掌握了，会拿它做什么？我十几年前写过一个这方面的科幻小说：我们掌握了时间机器，会首先考虑用它返回过去，去阻止“文革”的发生。但这遭到了另外的人的反对——因为如果没有“文革”，就没有现在的我们的存在。这是中国的最大悖论。当代中国科幻小说，往往直接来自作者日常生活中体验的痛苦，所以打动了人。

当然，科幻并不过多地选择批判现实，而是选择了逃离现实。科幻构造出了平行世界和未来世界，它是最具技术性的、最具逃离感的文学形式，与现实有一种真实而天然的陌生化和疏离。不过，这逃离本身，就像行为艺术一样，却又是最大的现实主义，我们是逃不出去的，就像小姬那篇发表在《新幻界》上的《沙漏》。女主人公的老公是国家安全部的。她深陷在时间的无意义的缝隙中。她的出口在哪里呢？而最终中国伟大的宇宙探测器发现宇宙只是边界在仙女座星系的一个花瓶。我们都住在这个器皿的底部。更悲哀的是，这个瓶子大概又是女主人公想象或编程出来的。不管怎样，科幻成了我们的生活方式，成了我们自我解嘲的艺术——如果我们不能自我救赎的话。

（二〇一〇年七月在上海参加“新世纪十年文学：现状与未来国际研讨会”上的发言）

拯救黑夜

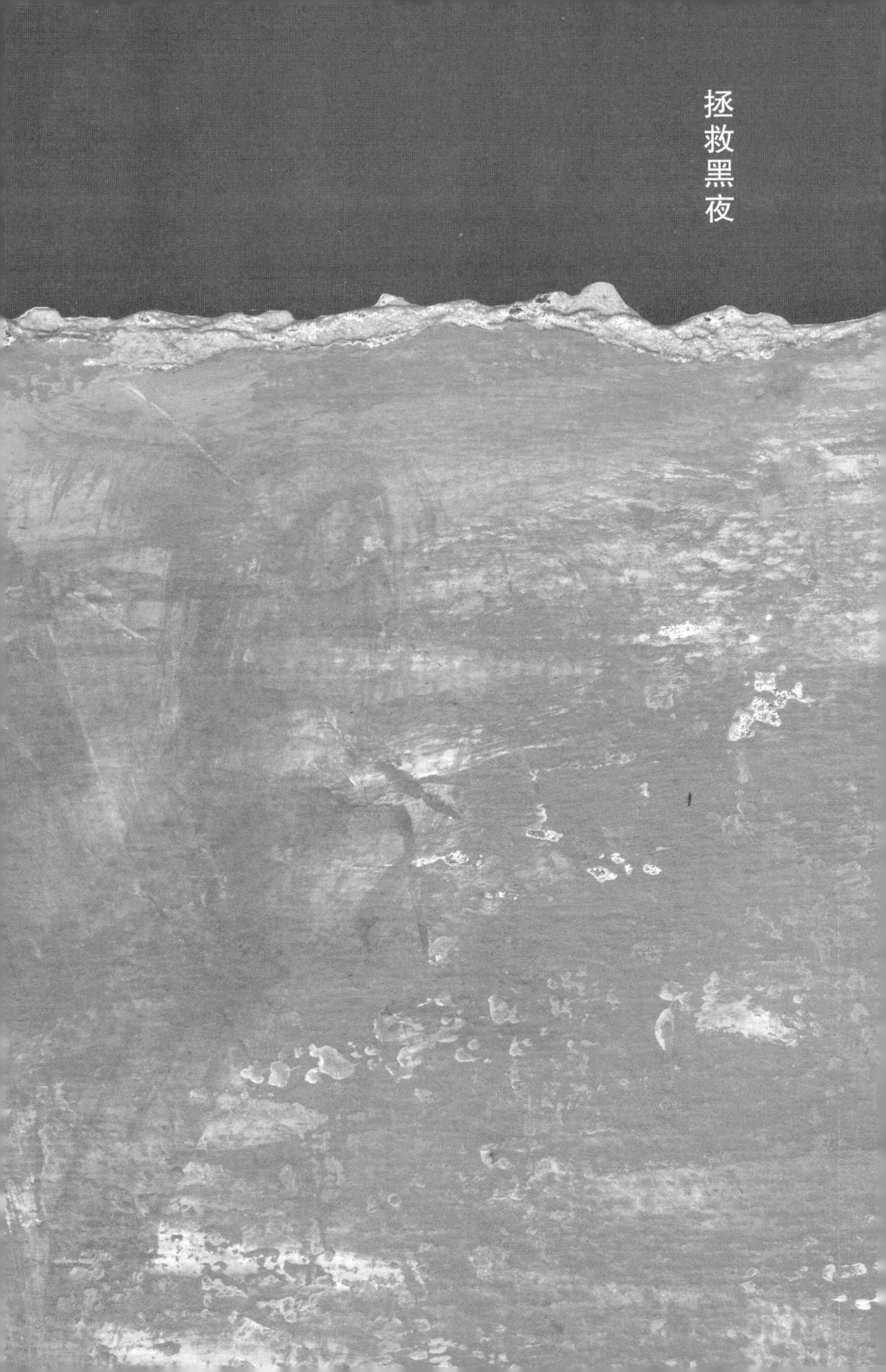

“异端”的发明

今天是飞机发明一百一十周年。比起登月，飞机跟普通人的关系更密切。一九〇三年十二月十七日上午十点三十五分首架飞机在美国试飞成功。有人将它与电视和电脑并列为二十世纪对人类影响最大的三大发明。一般认为飞机的发明者是美国人莱特兄弟即威尔伯·莱特和奥维尔·莱特。

这一百一十年在宇宙中十分短暂。作为生活在这个狭缝中的人类一员，我第一次乘坐飞机旅行，不过是在一九九二年。起飞时的震撼感至今难忘。现在我每年都要乘坐飞机旅行。没有飞机，我不可能去到北美洲、南美洲、非洲、欧洲这些匪夷所思之地。

为什么莱特兄弟能发明飞机呢？当然有种种原因。而最近读了中国科普作家协会常务理事尹传红《幻想——探索未知世界的奇妙旅程》一书，感到其中十分关键的还在于他们能冲破那些固有的僵化理念，顶住权威和世俗的压力。

根据此书的记载，还在一八四〇年，就有权威人士断言：“任何以每小时五十公里速度旅行的人，一定会因缺乏空气窒息而死。”二十世纪初，科学家们几乎异口同声宣称，重于空气的飞行器是不可能造出来的，那些试图制造飞机的人都是白痴。最先站出来反对飞机制造的是最早用三角法测量月地距离的法国著名天文学家勒让德，他认为制造比空气重的飞行装置是异想天开。德国杰出的发明家西门子也发表了类似的见解。发现能量守恒原理的德国著名物理学家赫姆霍兹，则从物理学角度论证凭机器系统飞行是不可行的。美国著名天文学家西蒙·纽科姆通过大量的科学数据计算，证明比空气重的机械甚至根本不可能离开地面。他写道："世界上任何已知物质和任何已知机器都不可能与已知的各种力量结合起来，组成一架操纵自如的机器，使人们能在空中做长距离的飞行。据我所见，这一论点与物质是客观存在的事实这一论点一样，都是无懈可击的。"这些科学界权威的看法，足以判定像莱特这样的"异端"的死刑。

直到飞机发明的前夜，主流舆论还嗤之以鼻。一九〇三年十月九日《纽约时报》社论称："一种翅膀发育不全的鸟，从开始飞腾直到能自由翱翔，如果说需要一千年，另一种动物，如果根本没有翅膀而不得不长出来，直到它能在天空飞翔，假如说需要一万年……那么，由数学家和机械师们联合制造的飞机，如果真要上天，大概需要一百万年到一千万年。"其实就在这篇社论发表后七天，莱特兄弟就试飞成功人类第一架飞机了。但直到一九〇五年，著名的《科学美国人》杂志还称那次飞行不过是一场骗局。一九〇七年，法国军事学院战略学教授费迪南德·福熙则说："飞机是有趣的玩具，但不具有军事价值。"而在第一代飞机开始飞行几年后，美国著名天文学家威廉·皮克林还发表文章称，飞机的速度恐怕赶不上火车和汽车，因为根本造不出克服空气阻力所需的巨大马力的发动机。

这些舆论足以把人压死。我无法猜想莱特兄弟等飞行先驱是如何冲破它们的。但那个年代的发明家是用生命在创新，听从自我而不是权威和非议。所幸社会对他们是包容的。最后还是想象力取得了胜利。美国航空学家汤姆·克劳奇评述，莱特兄弟的第一次飞行“真正的影响力是在人类的想象上。一九〇三年以前，你会听到‘如果上帝安排我们飞翔，他一定会给我们安上翅膀’；一九〇三年以后，人们说‘如果人类能够造一架机器将我们带上天，那还有什么事情做不到？’”

超越庸常的想象力是人类前进的动力。我们可追溯至文艺复兴对人类思想的解放。当时达·芬奇已成为人类飞行科学的重要先行者，是第一个运用科学知识对飞行问题进行研究的人。在一四八二年至一五一四年间，他留下了许多对飞行的研究笔记和草图，并设计出了许多飞行器械，包括滑翔机、直升机和降落伞的雏形。两百多年后，在开始了工业革命的英国，乔治·凯利爵士被公认为飞机的创造人和航空之父。他大约在一八〇一年研究了鸟的推动力，并于一八〇四年在旋转臂上试验了一架滑翔机。一八一〇年，他发表《论空中航行》，最早阐明了重于空气飞行器的基本飞行原理和飞机的结构布局，为后来的空气动力学奠定了基础。奥维尔·莱特说：“我们的成就完全要感谢那位英国绅士乔治·凯利。”

后来，人类由航空时代迅速迈入航天时代，登上月球，把探测器送往火星和太阳系外……这一切需要更大胆的想象力。如果改革不能解放人们的想象力，不能容忍“异端”的存在，而仍旧是在用权威的判定来对新鲜事物盖棺定论，则很多问题无法解决，发展最终也缺乏后劲。

（二〇一三年十二月十七日）

太空装置艺术

新年之交最新的消息是，一九七七年地球人发射的星际探测器“旅行者”二号至今仍在向地球发回信息。它正在穿越太空，离太阳已超过八十三亿英里了，这是冥王星与太阳距离的两倍。这个机器使者发现，太阳系之外，银河的磁场强得让人意想不到，是预料中的两倍，其倾斜度也出人意料。银河系基本上就像一个长着双臂横贯十万光年的星星平板，它绕着中心一个由星星组成的球体旋转——这幅画面是要打败很多大师的作品的。从“旅行者”二号之前传回来的照片看，太阳系是艺术的。探测器依次拜访过木星、土星、天王星和海王星，像一个孤独的摄影师。它拍下了大红斑，卫星上的火山爆发，行星环，冰雪覆盖的天体，长长的峡谷……这是地球上的风光摄影师看了要自杀的。另外，探测器本身就是一个乐团或者画廊。它携带着一张唱片，准备向可能遇上的外太空智慧生物演奏和播出。唱片名叫“地球之音”，录制了丰富的信息，比如有一百一十五幅照片和图表，三十五种各类声音，近六十种语言的问候语和二十七首世界著名乐曲。照片中包括中国的八达岭长城，以及中国人围坐在圆桌前吃宴席。声音包括风、雨、雷电声，汽车行驶声，以及成人的脚步声和婴幼儿的哭笑声。问候语中有三种是中国南方方言，即广东话、厦门话和客家话。乐曲中有贝多芬的交响曲，有圆舞曲，有用古琴演奏的中国乐曲《高山流水》，还串烧了诸如鲸鱼、婴儿哭声、海浪拍打声等。可以说，这是一个非常前卫的多媒体作品，而那是在一九七七年。这是人类第一件进入深空的装置艺术。

这件事情，是西方人构思出来的。他们似乎有着艺术家的情怀和科学家的好奇。我以前很难想象，一国元首怎么还会专门给外星人写信。卡特总统在《致外星人的声明》中说地球人要“置身于银河文明世界的共同体之中”。这位总统怎么那么天真浪漫呢？我也很难想象，奥巴马总统怎么会是《星际迷航》的影迷，且其形象任由艺术家恶搞成外星人。所以了，为什么美国人拍出了《阿凡达》。因为他们生活在那样的技术和艺术氛围中、那样的奇思怪念中。《阿凡达》在中国放映后，反应最强烈的，是拍了《南京！南京！》的陆川导演。他佩服得五体投地甚至产生自卑感（居然说出了“这是我们中国电影人要集体目睹的，集体服气的一次完败”这样的话来）。其实《阿凡达》作为类型片在某些方面并不算是很有创新。最值得拿来说的，是它可能开创了 3D 电影时代的里程碑。这个意思是，今后科学技术将在艺术中扮演更前置的角色，不夸张地讲，今后几十年里每个人都有可能坐在家用电脑前像玩游戏一样用软件操作出一部具有《阿凡达》效果的电影。但这样的东西有可能是缺少灵魂的。灵魂是独特性、前瞻性和创新性。现在好多艺术家捣鼓出了视觉效果上很壮怀激烈的场面，但是一看就是皇帝的新衣。形式是内容，但有时也并不是。但不管怎么说科学入侵艺术是一个趋势，从量子的到基因的，未来的艺术将因为科学而改观。如果艺术女神没有灵魂，那么科学可以按照有关参数为她造出一个来。

量子论大师海森伯说：所有真正的哲学家必须懂科学。有人说，这便是当今中国哲学工作者的致命弱点。我要说，这也是当今中国艺术工作者的致命弱点。艺术是科学的。因为最炫最酷的艺术来自大自然和心灵，这二者受着相对论和量子力学的支配。中国人得不了诺贝尔物理学奖，艺术家要负很大责任，因为他们没有向科学家普及艺术，致使科学家们缺乏艺术感，造成他们很多人心中的宇宙是乏味的，因此缺乏想象，无法像年轻的爱因斯坦想象自己跟一束光一同飞行会怎么样。最后不少人都去抄论文了。所以一辈子的工资不够买套房不能成为我们不搞艺术的借口。

（二〇一〇年一月五日）

神七向上帝传递了什么信息

九月份，有两件科技上的事情引起世人较大关注，一是九月十号欧洲大型强子对撞机的启动，另一是九月二十五号中国神舟七号飞船的发射。如果把世界分成两个方向的话，那么，太空方向代表了宇宙的大尺度，神舟七号是进入的这样一个尺度，另一个则是微观世界，是亚粒子的尺度，这是大型强子对撞机要探索的，但二者又能够统一起来，因为它们都关系到宇宙的起源和终结，以及人类的未来生存，并要回答上帝存不存在这样的问题。对撞机和宇宙飞船，因此都被列入了“历史上一百个最伟大的发明”。其中，对撞机是一九三一年由美国人造出来的，它可以把原子“敲开”；第一艘载人太空飞船是一九六一年由苏联射上天的，因为太空航行，人类对于人类、地球、银河系和宇宙的认识得到大大加深，许多重要的物理学、生物学、医学和天文学的理论都得到了修正完善或者重写。所以九月是一个科技之月，而刚刚结束的北京奥运会的主题中便有科技之意，对于中国人来说，这个金秋因此而瞩目。

在这次神舟的新使命中，航天员的人数由神六的两名增加到了三名。这本身没有令我们感到惊奇，因为三十九年前，阿波罗飞船就把三个太空人送上月球了。后来的航天飞机能同时把七人送到地球轨道，甚至平民也可以上太空。当然三个人比两个人的载荷要大，对于喜欢把什么都搞大的中国人来说，这很重要。但更加引起人们兴趣的是什么呢？因为根据中国共产党章程，基层单位凡是有正式党员三人以上的，就应当成立党的基层组织。神六时新华社发过一个通稿，采访杨利伟，他说，将来要在太空中建立党支部。这篇稿件，几大外国通讯社都转发了。杨利伟的意思是，人类是有信仰的，比如在太空飞行中，西方的宇航员会想着上帝。那么中国航天员信仰共产主义，这是一种共同的精神力量。这一点意义很大。宇宙与信仰的关系问题，可能是神舟系列飞船今后始终要面对的。那么太空活动以及宇宙的存在，将强化党还是削弱党的领导呢？哦，这个问题不要随便去想。如果宇宙中真有上帝的话，他会颤抖的。

另一个引起关注的是，这次飞行中，有一名航天员人出舱，进行太空行走。这是很经典的镜头。第一次太空行走出现在一九六五年。中国人的这次行走，又意味着什么呢？据报道是穿着自行设计的太空服，因此首先是个技术问题。没有这套复杂的衣服，哪怕是党员，也只能在接近真空和绝对零度的太空中生存极短时间，征服宇宙也好，与宇宙和谐相处也好，就都谈不上了。所以这件事的更深意义在于，中国人可以在宇宙中真正做一些大事情了。比如说，要建空间站的话，要登月的话，乃至要上火星的话，就必须穿着衣服走出去。将来要往外星球移民，要与可能存在的外星智慧生物打交道，甚至维修我们那个注定要损坏掉的太阳啊等等，都需要人在太空环境下工作，需要人离开飞船。仅仅把几个人放入船中送到天上去逛一圈仅具仪式意义。好比当初英国船五月花号，载了那么多的人到了北美，如果这些人不下船，只绕着海岸转一圈，那么今天就不会有美国这个国家。不同的是，中国航天员是要在宇宙中建立一个中国特色社会主义的社会的。另外想一想宇宙中五分之一的人口假如都是中国人。上帝会第二次颤抖的。

所以神七的意义就在这里，它意味着中国人要对牛顿信奉的那个“第一推动”说：啊，是我们，这回是我们来了。一个东方的集体！以前我们在报道神六的时候，就这样写了：“中国人集体进入宇宙空间，就从这一刻开始了。”我曾与国际宇航大学的外籍专家探讨，对方认为，可能对中国人太空探索产生很大影响的，还是伦理方面的问题。比如，遇到危险了，是不顾性命，把任务放在第一位，用为集体牺牲的精神去完成呢，还是先撤退保住个体的小命再说，任务留待以后呢？中国人与西方人的理解和反应可能都不同。但现在都还没有完整的答案。三年前神六上天时，多年参与航天员的心理选拔科研工作的中科院心理所研究员时勘教授曾在接受《瞭望东方周刊》采访时说，从大量的国际比较研究结果表明，中国文化更加倡导集体主义，德行垂范。在心理品质方面，中国选拔出的航天员更表现出高度的意志品质、责任心和献身精神。不过，中国文化中的“面子”、倡导宽容忍让，有时可能会导致复杂情况下沟通效果的降低，不利于“建设性”冲突和信息分享，需要在选拔和培训中予以关注。所以，我就觉得这“三个人”是很有意思的。

我们将发现，不久之后的太空，既是一个飞翔着各国航天器的太空，也会是一个充满不同信仰和价值观的太空，那么，它们怎样相处？这是神七的三人飞行组合需要回答的，虽然他们至今只是很含蓄。另外，太空活动能够改变地面上十三亿中国人的思维定势吗？比如我们常常说，中国人几千年来面朝黄土背朝天，而天在中国人这里，是另一种意思，可能跟万有引力什么的都无关，另外中国人长期还习惯从历史和圣人那里寻找答案，而不是去探索未来。这些都是中国过去几百年来没有对世界做出重大发明的原因之一。比如飞船并不是我们的发明，与神舟飞行任务相关的比如太阳能电池、温度计、拉链、电灯泡、塑料、雷达、晶体管、数字计算机、圆珠笔、集成电路、互联网……几乎所有的物件，都不是中国人发明的。第一次神舟载人飞行是二〇〇三年，而中国人把人造地球卫星送上太空，至今已有三十八年。太空活动改变了中国人的世界观吗？或以后会改变吗？不过这个问题也要两面来看，比如至少有些人不希望我们的文字因此而改变。我们还是中国人，而不是外星人。我们也许会说，我们要用中国特色去改造宇宙，而不是让宇宙特色来注释我们。总之这些都可以观察。但谁能说中国人有一天早上醒来后不会发现自己变成了外星人呢？

（二〇〇八年九月二十六日）

丧葬艺术家

我听一个上海朋友讲，这座城市热衷事先就做好棺椁，为活人占好墓地，大人小孩的都有，“还可以试着先下去躺一躺”。我觉得这把死做得很艺术。

但最近激发起艺术想象力的是水焚。美国人，用三个小时的碱解处理，将尸体转化为白色粉末和一种咖啡色液体——可以直接倒入下水道，没有 DNA，没有蛋白质，只有化学物质。多么的简约主义，透出科技时代的酷。

水焚，并不是土葬和火葬之外的唯一方法。在瑞典，将遗体冷冻干燥、粉末化然后蒸发，残余物提取金属，然后转化为人工化肥。多么的先锋！这，仿佛是艺术实验室的活动。

艺术其实就是在人与自然之间搭起一座交流的桥梁。只是，在中国，这方面还是做得比较粗糙。瞧，昂贵而满身俗气的骨灰盒，寿衣、寿鞋，千篇一律的繁复花圈，哀乐多少年也没有更新——停留在不那么艺术的水平上。但就是这样，也已成为暴利产业。每年清明节媒体都要谈论“死不起人”“死无葬身之地”。

一九九四年，我为写一本科幻小说，曾经计算过，按中国每年八百万人死亡，其中五百二十万人沿用土葬，其余火葬，按一般丧葬标准，总耗资一百一十亿元人民币。殡葬业的利润率应该在百分之五十以上。十六年过去了，也许因为保密缘故，我没有查到最新数据，只见到二〇〇四年的官方统计：全国殡葬事业收入达七十五亿元，盈利总额十亿九千八百万元。这是全国殡葬业职工七万多人创造的。

我国殡葬业的下一步发展目标，据说是要搞创新驱动。我希望他们考虑一个问题：如何死得不仅仅是贵，而且更艺术一些。去年，《中国殡葬事业六十年画册》辉煌问世。摄影，正是艺术的尝试——从图片上看，已注重了美学元素。有的火葬场，有悠然见南山之感。

但整体上讲，我们的艺术家，对这个领域的关注，还很不够。这造成了中国人死得不太有尊严。我见过人们在葬礼后胡乱抢烧花圈的场面，完全不顾及体面和诗意。

弘扬死的艺术，需要技术的进步。火葬的余地就太小了。我曾经与外国朋友谈到未来的死法。我振振有词说，中国人未来一定要做的，是在宇宙中所有的星球上建坟墓。也就是恢复土葬，一定要恢复它，这不仅仅是我们民族五千年的文明传统，还因为只有土葬，才能展示我们的艺术创造力。去清东陵，去乾陵，去秦陵，我都被它们美不胜收的艺术设计彻底征服。此外，考虑到殡葬事业六十年，我国的火葬率还没有达到百分之五十，这同时还是很有群众基础的。

我相信，未来的航天事业将解放殡葬业。一九八八年，我把这写成一个小说叫《宇宙墓碑》，指出这将是建筑美学大展身手的领域：

“大大小小的方碑犹如雨后春笋一般钻出地面，有着同一的黑色调子，焕发出寒意，与火红色的大地映衬，着实奇异非常。”

“宇宙墓碑都群集着，形成浩大的坟场，似乎非此不足以与异星的荒凉抗衡。”

“一般的宇宙墓群都很注意选择雄伟风光的衬托，它们充分利用从地平线上跃起的行星光环，或以数倍高于珠穆朗玛峰的悬崖做背景。”

……

这，不仅仅是解决了死无葬身之地的问题。

彼时的殡葬工人，必然具备航天家的技术水准，又有筑墓工程学家的艺术素养。而在任何一项营墓活动中，起根本作用的，既非各样机械，也非人的大脑。十指，才有着直接与宇宙相通的灵性。在最科技的时代，艺术将恢复到最原始的状态。

而在真空环境中，陵墓亿万年不会变形。

我真诚希望丧葬艺术家尽快诞生。死，才是当代最大的艺术主题。

近期，丧葬艺术家将首先活跃在地球上。他们是信息、全息、纳米、数控、记忆合金和基因工程的专门家；他们将熟练操作核子火化炉、等离子防腐液和数字化骨灰盒；他们是大学殡葬艺术学专业的博士后；他们是殡仪品超市的规计师；他们是殡葬活动的策划人；他们将使得葬礼不再沉重，而赋予其美学、哲学、音乐学、生态学、文化学、宗教学等意义。

（二〇一〇年三月十五日）

医院的审美

医院总给人以强烈的艺术感。闪亮而齐整的白大褂，墙上俳句一般的治疗须知，各种内脏的彩色图画，挂号单和病历像信号旗一样在分诊护士的手上传来传去，病人的名字像唱戏一样被不断叫出，还有销卖花样百出物品的小商小贩们：油条包子，饮料手纸，花圈花篮，水果糕点，盗版书盗版盘，小剪刀指甲刀……跟表演似的。有的医院天井中还栽种着外星球一般的植物，搁放着巨大的、空空的鸟笼，就仿佛这儿充满了生命的欢乐，而不是死亡。其实医院本是生命本能的最大聚合，如有人说，疾病是让人对生命本质更进一步地逼近。像日本动漫导演今敏，在遗书中探讨了疾病与艺术，但他最后选择不死在医院，还是因为医院艺术与人类艺术之间的冲突太强烈了吧，这是强人之间的终极对抗。今敏念念不忘他未完成的艺术。显然，最终胜利的是医院的艺术一方，它才是完美和征服一切的。但病人又以死亡反过来完成了对医院的战胜。二者在最后一刻都成了超级艺术家。因此在医院，很难说艺术是有机的还是无机的。这种混合感产生了非常奇妙的意境。

医院里的确麇集着很多艺术天才，精神病人往往就是优秀的艺术家。像草间弥生，十岁时就患有神经性视听障碍，经常出现幻听、幻视。她看到的世界，蒙着一个巨大的网，于是她在精神病院里不停画画，试着用重复的圆点把自己的幻觉表现出来——精神疾病与艺术创作几乎伴她一生。这造成了现代艺术与精神疾病往往难以区分。但反过来，医院或者精神病医院，又对人的艺术天分形成了压制，因此引起了学者们的不满。如郭海平，呼唤人文学意义，以进一步证明尼采“人是一种患病的动物”“社会就是一座医院”。吴亮提到一些药品，像止痛药、麻醉药和盘尼西林，特别是盘尼西林诞生后，浪漫主义就消失了。但避孕药与性解放倒是同义语，闪烁着灿烂的美学光辉。科学技术与艺术，有着对抗与合作的关系，似乎在寻找第三条道路。

但这种对癫狂的关注，毕竟还是人类中心主义的。医院一旦建成，它就在那儿，成为一个独立的生命体，不再以人类的审美观为转移。艺术不仅是内啡肽、多巴胺、苯丙胺、肾上腺和内固醇，同时是冷静的，只在那里默默等候抽血的病众。在他们的血液中，存在着一种美丽的东西，那就是显微镜下的细菌，呈现出了壮观的图形，那是另一个世界。即便在被脏物污染的地方，也存在着这样无辜的世界，完全置身于人类的主观意志之外。是它们的生命力，创造了医院。检验科的大夫们，就像天文学家一样，在探索着宇宙的奥秘。他们的每一项结论，自然关系着生死。

如此，医院的幽闭空间才吸引了那么多的人前来。走廊上，不停地有桃木般的老人，裹在军绿色的大棉被里，有的只露一个鼻孔，被推在车子上走来走去。他们的眼神已无光泽，却给人一种极有智慧的感觉。有的老人鼻孔里插着绛色的塑料管子，那模样就像一头头在泥泞中趟过的亚洲象。但他们没有发出呻吟，就好像乐得其所。他们正在复制一个世界，一个与医院之外的世界不同的世界。他们作为个体则好像是一个个的形成中的恒星，令死亡的欢乐在引力下收缩。他们用这种方法瓦解了医生那犹如黑洞的权力。他们掌握着死以及死的奥秘。没有他们的存在及生病，城市也就彻底完蛋了。上医院，就是人们的经常性串门项目，就跟探望老朋友一般。病人们决定了医生要开出什么方子，做出什么决断。病人们才是医院存在的基础。老人们对此并不感到畏惧，而是沉静，出奇的沉静。这沉静令人觉得，他们根本没有病。他们来这儿，只是因为有了医院，医院就在这里。就像登山者描述他们的使命时说：瞧，山在那儿。

艺术家应该去医院体验生活。那个地方才是我们内心的真正映射。如果我们每天去医院的候诊室坐上半小时，观察或沉思，脑海中一定会迸发出杰作的灵感；如果再从这儿散着步走向火葬场，那么作品将会不朽。

（二〇一〇年九月一日）

巨人恐惧与城市想象

上海《九州幻想》杂志“寻桶记”中国科幻奇幻之旅十一月上旬揭幕。其中北京大学站的主题是“巨人尺度的北京与全球微观化进程的冲突”。来自上海的幻想艺术家和建筑师们对于北京的巨大显然感到困惑。他们请常住北京的幻想艺术家们讲述一下感受。于是有人说，当年八国联军打到高碑店的时候，慈禧才在颐和园听到消息，跳上驴车拔腿就跑，八国联军依然追之不及，这就是大城市的好处。如果那时修通了二环三环，也许就追上了——后来想想，还是追不上，因为八国联军要路过西直门（北京最复杂的立交桥，外地司机上去了就出不来）。有人说，在北京这个大尺度的城市里生活，慢慢的，心理尺度也放大了，也许再慢慢的，身体的尺度也会跟着放大，这样过了许多年，北京人就变成了夸父。北京城其实就是个训练场。还有人说，上班以后觉得北京曲折庞大的交通就是一个大阴谋，早上两个小时的路程让人大脑一片空白完全失去想法。又有人说，北京城晚上的灯光一亮，跟好莱坞早年科幻片一模一样……让人惊异的是，据说当今世界正在微观化的时候，北京城中却出现了越来越多的超体量建筑物，胡同却在飞快消失。但为何还有诸多的建筑师和政治家钟情于此呢？宏大叙事非但没有被消解，而且日益受到强化。

但实际上北京最大的膨胀并不是建筑，而是人类。北京常住人口究竟有多少已成了一个统计学上的难题。最后当地人想出办法：调查在北京注册一年以上的手机号，综合刨除一人用多部或多人用一部等情况，确定北京常住人口已突破两千万。实际上，在这大尺度下，人越来越小了下去，成为了碎片。虽然有人说，会在地铁站台，巧遇熟人和朋友，但那带来的怪异感胜过亲切感。而这种情况，并不仅是在北京，上海、广州、重庆、武汉……一个个超级城市巍然耸立。它们由巨型的地铁矩阵、纠缠的高铁网络、复杂的输电网等等相联结。它们之间的距离和时间在变短，使从一个城市到另一个城市，具有了前所未有的迁徙自由，但由于所有的城市都是一样的巨型化和同质化，包括它们的房价，像同居一室的女性一样，月经周期趋同，这抹平并淹没了花费财力时间精力进行迁徙试图改变生活的一切努力，自由像幻觉一样迅速消失。

为了在巨型城市中重新获得自由，或者感觉上自己还能获得自由，城市居民大概会更经常地选择艺术，也就是用想象力来对抗巨物带来的压力。于是产生了凝聚在《九州幻想》周围的城市幻想艺术家群体，也出现了上海作家和动漫制作人七格这样的市民——他在《一百米身高的世界》中写道：两千年后的上海，成为宇宙级别城市，专门接待外星球的富人居住，这些宇宙巨人都是大高个，住的楼房高耸云天，用的纸币都有一张席子大。而地球人都是穷人，为节省资源，身高被压缩，最低的仅十公分。他们天天憧憬着一个人人一百米身高的新世界的到来。有读者说：物价飞涨，无数摩天楼遮蔽了海岸线，汽车穿行在高楼大厦的阴影之中，七格描写的不是科幻，而是现实。但这并未缓解焦虑。

“十二五”期间，中国的城市化将成为一个更受瞩目的主题。因此可以期许城市虚构艺术将更加繁荣。广东的策展人欧宁主编了《漫游：建筑体验与文学想象》，把扎哈·哈迪德、斯蒂芬·霍尔等的现代城市建筑艺术与韩东、张悦然等的现代城市建筑小说艺术拼为一体。作为一种已存在的文学和电影类型，建筑小说（architectural fiction）在国外曾掀起了热潮。卡尔维诺的《看不见的城市》、爱德华·凯里的《望馆楼追想》、安·兰德的《源泉》以及弗里茨·朗的《大都市》、雷德利·斯科特的《银翼杀手》等都已成为经典。那么，未来的中国，还将产生什么样的城市想象作品呢？从前一百多平方米的房子住一家五六口，现在五十多平方米房子也是住一家五六口。不适宜居住，未必不适应生存，也未必不适合艺术。当中国人适应的极限或许就是无极限之时，世界拥有了更加丰富的艺术话题。

（二〇一〇年十一月九日）

拯救黑夜

一、黑夜的力量

人类的成长过程，有一半与黑夜相伴。昼夜之分是太阳光照射下，地球自转的结果。白昼无非是被太阳照亮的部分，夜晚则是光照不到的。它本是空间的运动，却转化为时间的概念，又变异为心灵的战栗——黑夜往往被认为是令人恐惧的，传说中鬼魂和僵尸在夜里出游。有人从科学上分析，恐惧只是人在夜里的一种感觉，它来自人体接收到的外界信息的不同。黑夜里，因为光线不足，人的瞳孔会扩张，这使人的神经处于警惕状态。黑夜气温也比较低，身上的毛孔会收缩，而且在夜里，听觉也警惕些。

而另一些人认为，恐惧——再加上神秘，正是创造力的根本源泉，驱使人去改变自己的命运。从这个意义上讲，黑夜不正是人类进化的最大动力吗？我们的祖辈在仰望星空时，不就是已把探索不可知世界和未来奥秘的种子播在了心中吗？阿瑟·克拉克的科幻杰作《二〇〇一：太空奥德赛》，一开始就是描写非洲大陆上的黑夜，有一个名叫望月的猿人——这个名字很有意思，直接点明了夜晚对于人类起源和演化的意义。望月小时候对黑夜是恐惧的，他目击同伴在夜暗中被豹子吃掉。随后，外星使者在深夜降临，往猿人头脑里注入创造的灵感，令望月学会制造工具，去猎杀豹子。由此，开始了漫长的征服世界之旅，人类最终进化到神或亚神。

许多最伟大的发明是与黑夜有关的，比如火。火并不仅用来煮熟食，而是让人在温暖和光明中，能够围坐着用语言交流，熬过长夜和严冬。而正是语言，促进了大脑的进化。还有一件重要的事情必须提到，那就是，我们与爱人缠绵，多在夜晚。这并不是因为害羞，而是生存的本能。男人在射精的刹那，头脑会一片空白，这是他最无抵御力的时刻。一个孩子也可以从背后把他杀死。这是夜晚危险性的另一个证明——但同时，浓浓夜色很可能又为人类做爱提供了伪装和掩护，减少了其遭到伤害的机会。如果没有夜晚，就没有种群的繁衍。有了性的加入，加上恐惧和神秘，科学和艺术就在这个基础上产生了，创造出了繁花似锦的人类文明。

汉族的创世史诗叫作《黑暗传》。为什么是这个名字呢？因为盘古开天辟地，结束了混沌黑暗。这说的是，世界最初是没有光亮的，只有漫漫长夜，而世界正是从黑暗里孕育出来的，胎儿从子宫里的濡湿长夜中来到外界，才第一次见到了干燥的光明，才算获得了真实的生命。

相对于白昼，黑夜赋予了人类更多的想象力。最美的文学是关于暗夜的。读莎士比亚，最忘不了的是《哈姆雷特》中出现在夜空中的鬼魂形象。没有了李白的“床前明月光，疑是地上霜”，世界肯定十分乏味。而《红楼梦》从名字上看，干脆就是夜的暗喻——夜与梦是最好的共生体。一些最伟大的科学发现也与夜有关。比如，爱因斯坦年轻时，想象自己与光跑得一样快会是怎样，才有了后来的相对论。而如果没有黑暗，就不会有光的概念。

因此，贾植芳在《黑暗颂》中说："真的深夜里，富于一种发现与创造的美，一种精神力，只有在黑夜里，才能得到充分地发挥和锻炼。就因此，我对黑夜的感觉是庄严和神圣的，在艰苦恐惧中充满一种抵抗的作战的欢乐。往往能完成许多出乎意料的工作，而且这工作完成得犀快和精美，也很完善和奇出。"

我最难忘的便是少年时代，黑夜带来的快乐和刺激。那时，孩子们一到夜晚便兴奋起来，纷纷跑出家外，在野地里构筑工事，玩官兵捉强盗游戏，在夜色的掩护下潜伏并奔跑，捕捉敌人，头顶着星空疯玩，最不愿意听到的，便是父母叫回家。这明显是对古代狩猎和战争活动的模拟。但现在的小孩，已不太可能去到纯粹的夜中。他们要在台灯下面，做完每天的课外作业。他们丧失的是古代、自然和人类的本性，但被赋予了新的人工本性。

二、亿万繁星

西方人比起东方人来，更早迎来黑夜消失的这一刻。一般认为，这要从爱迪生发明电灯算起。之前人们用油灯、蜡烛，但只有发电机和电灯，才把人们从黑暗的限制中真正解脱出来。黑夜的消失是经典的工业化产物。人类进入了一个电气时代。点电灯的民族打败了烧油灯的民族。如今，更是一切透明化、裸露化，乃至在战场上，在红外夜视仪下，欠发达国家的夜战传统优势已不复存在。

我的生活中的夜晚消失，是什么时候开始的呢？迎接高考的复习？大学里的通宵舞会？欢呼女排的胜利？总之，是在二十世纪八十年代，彼时大事迭发，许多人彻夜不眠……有一首诗歌有标志性的意义。它只有两行：黑夜给了我黑色的眼睛 / 我却用它寻找光明。它一九八〇年在《星星》诗刊第三期发表后，震动了整个诗坛。这首诗便是顾城的《一代人》。他写了一代人的觉醒，从黑暗动荡岁月中的觉醒。所以黑夜的消失也象征着与荒谬时代揖别。当然，顾城写的并不符合科学，因为在黑暗的地方，生物的视力会退化，怎么还会有眼睛呢？文学与科学是不同的。其实对黑夜的否定起自鲁迅。他的文字，都是在讲吃人的黑夜。“黑漆漆的，不知是日是夜，赵家的狗又叫了。”黑漆漆的，怎么不直说黑夜呢？在鲁迅那儿，白昼也是永夜。这是对黑暗了五千年的文明的否定。

二十世纪八十年代文坛的变化，除了有其社会和意识形态含义外，其实反映的是经济的变化。黑夜更是一个经济问题，或者说是一种经济能力。我这里要问：城市的灯光，是从什么时候开始增多的？它显然跟发电量有关，跟能源的消耗有关，跟经济的繁荣有关，或者说跟 GDP 有关。一九七八年中国开始走上另一条轨道。一九七九年，中国经济总量就从一九七八的三千六百四十五点二亿元增至四千零六十二点六亿元，突破了四千亿元大关。也就是在这一年，中国城市中恢复了广告业。广告的霓虹，点燃了城市，点燃了经济。星星开始从头顶上方消失。

一九八六年 GDP 首超万亿元。这一年，我读大二或大三。高科技发展的八六三计划被提了出来，政府提交关于恢复中国在关贸总协定缔约国地位的申请，出现了第一家宣布倒闭的国企。还有切尔诺贝利事故、航天飞机事故。世界和中国都转得越来越快，充满危险和机遇，更加闪亮夺目。那一年，我向《科幻世界》投出第一篇科幻《第一句话》，写中国将到月球上去推销商品。

这一年的十一月十三日，《光明日报》报道：电子工业部、广电部等联合发出在全国农村普及电视的通知。通知说：一九八五年我国已经具备了在全国普及电视的能力，电视信号覆盖率已达百分之六十八点四，相当部分的农民具备了购买电视机的能力。为此，要在全国农村开展普及电视的工作，以实现中央提出的到本世纪末户户人人都能看到电视的目标。

的确，经济的发展，使人们拥有了这个能力，或者说，拥有了改变夜晚的能力。夜幕降下，人们不再出门看星星，而是把目光投向电视机屏幕。中央电视台逐渐控制了夜晚。尤其是一九八三年出现的春晚，大大更改了中国的夜色，使之变得五彩斑斓。这是中国传统辩证法的恢复，也就是把夜与昼统一在同一个阴阳鱼中。这才是春晚最本质的意义。从此，不再有昼夜之分。春晚是夜间八时开始的，夜暗降临中国大地，但在地球另一侧的美国却正是阳光灿烂，然而，海外华人在白日里收看的，仍然是“晚会”！鲁迅那会儿是不知日夜，控诉吃人的旧社会；现在的央视也是不知日夜，却是为黄金时段的广告收益和大一统的意识形态揭开了新的篇章。

世界在继续前进，到了一九九一年，GDP 首次突破两万亿元大关。这一年，我来到北京工作，震惊于长安街上耀目的各式广告。首都已成了一座不夜之城。待到一九九二年，邓小平南方讲话，中共十四大确立市场经济，我逾发目睹了持续的高增长。一九九三年，中国 GDP 突破三万亿元。一九九四年突破四万亿元。一九九五年突破六万亿元。一九九六年突破七万亿元……都是百分之十以上的高增长。于是，许多写字楼和私营工厂深夜里还灯火通明。卡拉 OK 和夜总会在中国大地遍地开花。二十四小时夜店出现了。人们不再围着火炉听老人讲故事，而是在迪厅中跳至疯狂，在酒吧里喝得烂醉。那段时间，我记忆中，经常要在夜里加班，参加各种闪亮活动，比如人民大会堂里中国外贸公司与西方公司的宴会，各种大型庆典和纪念晚会……人都成了夜猫子。香港回归，我在天安门广场；澳门回归，我在澳门综艺馆。都是在半夜时分，中国达到了最光明的顶点。黑夜从中国人的生活中真正消失了。

也许，正是这时，我产生了写作《我的祖国不做梦》的想法。这篇小说，我写于二〇〇三年。进入二十一世纪后，中国 GDP 更是突飞猛进。二〇〇三年突破十三万亿元，二〇〇四年突破十五万亿元，二〇〇五年突破十八万亿元，二〇〇六年突破二十万亿元，二〇〇七年突破二十五万亿元，奥运会召开的二〇〇八年，突破三十万亿元，二〇一〇年则进逼四十万亿元，这年中国成为世界第二大经济体。在我看来，第二大经济体同时也是城市的灯火污染把头顶的明洁星光驱走的经济体。睡眠对于许多中国人来说再无意义。

在那篇小说中，我写道，中国人发明了一种利用梦游来工作的方法，白天黑夜连轴转，夜里不睡一分钟的觉，拼命干活和消费。美国人的侦察卫星看到，在整个夜晚，中国大陆亮如白昼。“就在这黑不见底的沉夜里，到处却灯火辉煌，呈现了最灿烂的光明。现代化的高楼大厦飞速地成长了起来，符合国际标准的高速公路迅疾地向未来延伸出去，人们工作的节奏与地球另一面的美国保持着高度的同步——不，甚至还要快许多，九百六十万平方公里的土地都在沸腾，这脉搏的强烈振动，全世界都由衷地感受到了。”

黑夜的消失，是当代中国最著名的一道风景。谁也忘不了除夕夜的零时，全国城市如火山喷发，你会想到这个世界工厂有一天将会为全宇宙制造恒星。中国人烧掉了世界上最多的石油、天然气和煤炭。中国利用像三峡大坝这样的超级工程来发电，让夜色更加明艳。即便真的置身黑夜，人们也很难相信自己在夜中。

最初，城市里所剩下的唯一黑暗的地方，是地铁里面。但是后来，连这也消失了。只要有黑暗的地方，都布满光明。有一种叫作 LED 的技术，发光二极管，将电能转换为可见光，是最有效的人造照明技术，化作了灿烂的广告，遍布地铁隧道，花花绿绿，各种明星人像，在车窗外闪烁飞过。我想，在现代世界，汪曾祺的朴素文字已无容身之地，只有配以炫华过分而极尽夸张的描写，才能与世界的耀眼相匹配。互联网自然是另一个夜晚的替代品，跳动的液晶显示屏全面代替了沉静的黑夜文化，更多的人进入无昼无夜的网络第二人生。还有高铁、飞机，更加改变了夜的性质。

是的，原本含义丰富的夜晚，逐渐蜕变成为一种单调的经济行为。夜暗消失后，中国人不再感到恐惧，而是什么都敢去做。但夜的消失也带来了很多的问题：睡眠不足，浮躁，心智迷乱，狂热，变态，都来自于黑夜这一与人类朝夕相处几百万年的伴侣的离去。我认为，人工制造出来的白昼，正在改变人类的传统大脑结构。我们不再可能拥有古人或前人仰望星空时才能生发的智慧。佛陀睹晨星而悟道，是不会再有的了。电灯下的现代和尚是不幸的，而科学和文学也在走向它们的没落。

我个人，仍在竭力保持对黑夜和白昼的敬畏。夏至和冬至，于我而言，是两个纠结的日子。我都会感叹，夜长了，昼短了，或是相反。显然，不管人类怎样改变自己的生存环境，仍有一样未变：自然界确立的昼夜之期，不会因为人类文明的发展，而推迟或提早到来。它只是更远地躲在普通人的视线之外了。

那么，没有黑夜的世界，会是怎样的呢？哦，那是会崩溃的。阿西莫夫在小说《日暮》中设立了一个围绕着六个太阳复杂运行的世界，至少有一个太阳会照耀行星，使其总在白昼中，只除去每隔两千年一次的全面日食。因此，当那久违的夜晚终于临近，亿万繁星忽然出现在头顶，这个世界发疯了。

三、寻找新黑夜

真的需要拯救黑夜吗？怎么做？让现代人重回日出而作，日落而息？把夜还给想象、做梦、造爱和睡眠？停电一小时能做到吗？夜的失去毕竟与能源的消耗有关。但失去的永远失去了。

也许，可以尝试去寻找新的黑夜。比如深藏地下两千四百米处的暗物质或中微子实验室，在那样的地方，探索宇宙，将是与寂寞的长夜相伴。

也许，人们将去海底城生活。那儿，只会有人造的日光。但是，海洋在本质上，是黑暗的。自然界的阳光，只能穿透海水百米。深海中的动物，眼睛都退化了。不排除人类有一天，会到那里去生存。

也许，伴随着宇宙探索的进行，人类移民外星球后，将迎来新的黑夜。如果说火星上的一昼夜仅比地球上的一昼夜稍长一点（约多出三十七分钟），那么，在月球上，太阳从东边升出“月平线”之后，要经过一百六十多个钟头才能升至中天；从中天移至西边月平线落下，又需一百六十多个钟头；再经过三百二十多个小时的黑夜，才算一个“昼夜”。这就是说，月球上的一个昼夜，大约相当地球上的四个星期。而在金星上，看日出是在西方，日落在东方，一个日出到下一个日出的昼夜交替是地球上的一百一十六点七五天。总有一天，我们将要经历那些星球上的夜晚。守夜的日子还会到来。而要去到那些星星，要经历漫长的宇宙航行。

在太空中，在飞船外面，几乎就是永恒的黑夜，星星只是那么一些小小的光点。这也是最危险和莫测的黑夜，比猿人所处的那些黑夜还要可怕。恐惧将重新成为人类智慧的启迪。

不过，实际上，不用走那么远。黑夜仍然就在我们身边徘徊，只是我们总在欺骗自己的眼睛。看看那些悲惨的矿工吧，他们就是生活在暗夜最底部的人。他们每次升井，都觉得是进入了天堂。再看看贫困的中国西部吧，在卫星夜间图像上，那块地域仍然是黑沉沉的。我今年去西藏的纳木错，发现那儿的牧民家庭，去年才通上交流电。我也始终忧虑，另一种黑暗或有重新降临的可能。那便是核冬天。美俄目前仍然拥有着把地球变成漫长黑夜的核武器。这便是最危险的达摩克利斯之剑。再就是，也许，与消灭肉体相比，人类中的一些疯子正在致力发明一种控制心灵的技术，使人沉没在自身的黑暗中。就如一篇科幻小说写到的，独裁的教师用技术手段改变孩子们的头脑，使他们只能看到校园里的光亮，而外面的世界全是长夜，他们便永远也走不出去。

黑夜依旧不会蜕去它的恐怖与神秘。光明仍然是我们的不懈追求。

（二〇一一年十月）

虚幻的安全感：马航事件越来越诡异

马航飞机失联快两个月了，连一滴油也没有找到。

也许飞机其实就是这样的吧。

它跟地面跑的汽车、火车都不同，飞上天就随时有融化的可能。

人类打破上帝制定的秩序，到天上去翱翔，这算偷吃禁果吧。

作为由海洋到陆地的哺乳动物，飞上天空，却不是像鸟儿或蝙蝠一样凭靠自身体力，而是借助人工技术，这十分诡异。

“蓝鳍金枪鱼”自主水下航行器已基本完成对水下核心区域的搜索，仍无任何发现。捞上来的疑似物也统统被证明与飞机无关。有媒体又重新回到飞机可能已经降落的推理。

而单单是围绕事件原因和过程的各种猜测，就穷尽了人类的想象力，让科幻作家也自叹不如。

说起来，飞机的发明仅仅一百多年，在宇宙一百三十七亿年的历史中，完全可以忽略不计。

对于技术的日常性依赖，飞机堪称典范代表。

上了飞机，人就把小命彻底交给它了。乘客只能用一根带子把自己死死绑在座位上，完全听天由命。据说几百吨重的民航客机到了天上就等于一片纸。

这需要对技术有足够的信心。但实际上很多人没有信心，比如我。我一上飞机，就从起点颤抖到终点。

马航失联让人更没有信心。

耗时费力的搜寻中，用上了五花八门的各种先进技术，航天、航空、航海、通讯、计算机……都表现得徒劳。

人类看似主宰了地球，但实际上空白还太多吧。这回，好像一下被脱掉底裤。

很多纵横于日常生活的技术，都是在这一两百年里出现的，特别是基于相对论和量子力学的技术。但它们往往制造出一种虚幻的安全感。

韩国现代化的游轮的倾覆造成重大伤亡，也让人感到这种虚幻的安全感。

技术信心的欠缺正表现在各个方面。如PX和转基因的争议，如核平衡的可靠性，以及合成生物学的危险性和互联网的安全问题，乃至3D打印技术、纳米技术可能带来的失控。

在这个技术决定论的世界上，各个领域都有一架马航客机，会忽然转向，飞向不知名的目的地。也可以说，人类全体搭载在一架马航客机上。

但相对于技术本身的不可靠，人类自身的不可靠，就更加显现出来了。

技术已成了大国之间互相较劲的工具。据说美国的卫星能辨别地面三厘米大小的物体，但为什么没见到美国发布哪怕一张卫星图像呢？美国在这次搜救中，太不给力了。马航事件好似一场战争，国家之间兵不厌诈。这后面到底藏有什么不可告人的秘密？

比技术的水更深的，在于技术不能单独行事，而是要与复杂的政治、外交、军事相互作用，要被人类脆弱的互信体系左右。所以好的工程师都是通达人性和政治的。

马航客机事件是一场全球危机。理论上讲，任何一个国家都不能单独解决此类问题。但国际合作经常看上去更像一场闹剧。政府时时展现出“各国为自己”的心态。在应对共同挑战和威胁时，对策往往成了“各扫门前雪”，为实现一己之私而不顾其他国家甚至是全球利益。

不少人期望在出现类似的全球危机时，中美合作能挑起大梁。因为中国和美国比其他国家有更大能力和动机，在决定、塑造未来的发展上开展合作，展现关键领域的国际领导力。但马航事件中，中美是如何合作的呢？发挥主导作用了吗？

据说这也是一个“个人赋权”的时代，个人能力空前增强。但是，最后看到的，在舞台上表演的，还是国家那盛气凌人的力量。它愈发映衬出个人的无助。

但这是打上了问号的国家力量。因为国家自身也常常是无力的。类似马航客机失联这样的不可预测事件一旦发生，可能会导致国家的失败。有的国家的表现好像无头苍蝇一样，有的国家则好像走在悬崖边缘。

新的工业革命正在到来，人类还将掌握更复杂的技术，却也是更不可测的技术。政治家正在学习如何操纵和玩弄技术，让技术为权力服务；民众则被要弄得越来越糊涂。

人类远未走向大同。在国与国竞争加剧时，世界有漂移向零和的风险。因此，比马航事件更大的异变或灾难到来时，人类是否能够抵御呢？

马航客机事件令人想到，人类最大的危机，或是“难以预料的事件”的出现。一些情况将更加超出所有人的想象和控制。

因此，我们今后或许会更加强化两种能力的建设：一是硬实力，全面掌握核心技术，什么事都是我说了算；二是想象力，我能想到你想不到的。就后者而言，或许，宏观层面上，应该设立一个部门，叫作“国家未料及部”。它的任务就是开动一流的、疯狂的大脑，探索出各种异想天开的“可能性”，来应对一切意外事件。它甚至不是提出具体的解决方案，而是提供寻常人不具备的心理、思想和准备——这是马航及韩国沉船事件中最欠缺的。

但谁又敢说，这样的能力，也不过是被一种更大的未知，玩弄于股掌间的呢？宇宙只是在开人类一个玩笑。

（二〇一四年四月二十七日）

安全感缺失的社会最容易产生极权

我每个月都来三联书店买书。我到这家书店来，看到那么多的人在选书、看书，特别感慨，这个书店有一天会不会消失？电子网络非常发达，三联书店好像也遇到了困难，我看过报道说它每个月的销售量在减少。这家三联书店是一九九六年才营业的，那之前呢？好像一片空白，我没查到。

三联书店有很多书，《一九八四》就有好几个版本，这在以前是不可想象的，还有卡夫卡的和索尔仁尼琴的书。

现在来说《一九八五》这本书。我看过《一九八四》，当时认为看《一九八四》就足够了，但是看了这本书我觉得很触动。最大的触动就是《一九八四》的大洋国是一个永恒的帝国，奥勃良在审问温斯顿时说的，老大哥是不会死的，大洋国是永恒的，然而在《一九八五》中，老大哥死掉了。书中间有一段话：建立一个极权的政权需要很多很多人，花费几十年的精力和心血，但是这个政权的垮掉，可能就几个月，甚至几周之内的事。不光是政权，一个人不管在什么位置上，一夜之间就会变了。

但是《一九八五》并没有就此打住，它还讲之后的改革或革新。老大哥死掉之后，变革反而被另外一种独裁代替，作者对整个社会的描写让我非常有感触。在《一九八四》里面，老百姓上街游行、罢工，政府可以把他们射杀掉，现在改革了，民主了，不能这么做了，得想别的办法，又没有别的办法，为了经济增长只能出口粪便，把每个人的粪便出口到非洲去换咖啡豆那样的东西。它的民主呈现了一种道具式的、虚假式的繁荣，它跟外国的关系是一种非常没有自我的关系，老百姓大部分是乌合之众，社会道德水平十分低落，这样的状况下没有办法推动改革最终的胜利。贯穿整个《一九八五》，民主自由也好，集团利益也好，最后都以批判性的结果结束。

我觉得《一九八五》在《一九八四》的基础上对权力做了新的解释。在《一九八四》里，我可以把别人的思想粉碎了，然后把你的思想按照我的意思重新组装起来，这叫权力，这叫技术。但《一九八五》里面有其他一些表现，里面讲到《时代》杂志，这本杂志是当时改革派的大本营。里面的一个编辑，他非常失望，所以自杀了，他自杀前说我不是因为绝望，我是因为害怕。

我想他表达了一个愤怒的声音，权力的本质就是恐惧。一个没有安全感的社会是极权最容易产生的社会。一个资源缺乏、安全感缺失的社会，就会产生这种因子。每个人都没有别的办法获得尊严，除了权力。只有把权力握在手上，他才能获得巨大的安全感，然后他会利用手中的权力，让别的人失去安全感。这个很无奈也很可怕。

所以读《一九八五》，我的心情很复杂。温家宝总理在两会记者招待会上说，如果中国不进行改革，“文革”还有可能发生。我觉得“文革”会在世界上任何一个地方发生。就像刚才说的自杀的人，他还说了一句话，他说我们像海里的鱼一样，已经习惯在深海的压力下生活，一旦放到岸上，我们马上会睡过去。

（二〇一二年四月十四日在北京三联书店凤凰读书会上的发言。《一九八五》的译者是余泽民。）

《归来》：苦难成为永恒

看《归来》时才意识到，很久不见苦难题材的电影了。

改革开放三十多年，中国制造出大量抗日影视作品，而反映本民族最惨痛浩劫的电影，竟成了比大熊猫还稀缺的物种。

六十四岁高龄、近年饱受各种风雨打击的张艺谋让苦难重新出现在画面上，这种勇气令人佩服。

电影并没有直接表现太多的血腥和残酷，却是最让人绝望的。

他拍的是一个家庭的灾厄，却好像要让人去体会整个民族的灾厄，而这场灾厄实际上还远没成为过去。所以《归来》几乎是一个不可能完成的使命。

我为导演从哪里找到了那么多真实的昔日道具，而感到震撼。这让观众活生生穿越到一个几近被遗忘的时代。当银幕上全场高唱《大海航行靠舵手》时，我几乎要毛骨悚然地从座位上站起来，抱头鼠窜逃出影院。

但我又在恍然中恐惧地觉得，影院外面的大街上，会不会也正响彻这歌声呢？

电影似乎在说，苦难的伤痛是至今摆脱不了，也难以痊愈的。而最可怕的是失忆。苦难留下的最大遗产是失忆。

当每一个人都成为灾厄的牺牲品时，失忆便是普遍的，不只是一个冯婉瑜。任何方法和手段都恢复不了记忆。有故意忘掉的，有剪掉的，也有被迫失忆的。创伤便成了持续而开放式的，也会被反复制造。看了电影只觉人太渺小，那个大宇宙不是你能去科幻的。

片末一下跳到了“许多年后”。这个许多年，是多少年？电影很狡猾或恶毒地故意没有说明。只看到两位老人仍在火车站等待陆焉识的归来。

他们从过去等到了今天，也一直要等到遥不可期的未来。

电影告诉我们苦难有多可怕。它可以战胜时间，战胜亲情，战胜生命，战胜梦想。

而它也告诉我们，苦难有多脆弱，这在于人们还有时间，还有亲情，还有生命，还有梦想。

但《归来》不是科幻片。如果是科幻片的话，那就可以用基因工程把心因性失忆症加以解决。因此它给予我的更强烈暗示，便是灾厄就在每个人的身边，灾厄仍在继续，灾厄随时可以再来。

实际上，对极端权力的极度迷恋，已从政治的单向维度，发展到了政治和经济双重领域。日常生活中不时可见旧时思维。而苦难制造的文明断裂，至今未能弥合。电影本身的拍摄，已让人看到了生存空间仍是多么的狭窄。

《归来》让我这样的观众深陷绝望，同时它也留下了希望的尾巴。只要两个人在一起，就有希望，别的都不重要。生多少葫芦娃也不打紧。

散场时，耳边久久回响着《渔光曲》，好像在抚慰观众快要熄灭或发疯的心灵。

为什么是《渔光曲》？既是交代了两位受迫害者的文化背景，也是与荒谬抗争的一个符号。它要用柔弱的呼吸去打破《大海航行靠舵手》的强硬窒息。

《渔光曲》产生的时代，是五千年血脉最后走到了断裂的节点。从此我们与自己的根分离了。《渔光曲》也代表了现代文明在中国的发轫，但藏在五千年历史中的魔鬼最终反噬了回来。

电影试图触摸历史的更深处，把人们的记忆唤回来，去探寻灾厄真正的起源，也是要费劲地思考当下和未来。

它也好像在告诉观众，在失忆已经普遍化时，在所有的领域、所有的人已对灾厄讳莫如深时，只有艺术才能担负起疗伤的使命。

从这一点上来说，《归来》可能是张艺谋最勇敢、最严肃的一部电影，也是最隐忍和最含蓄的一部。

它也或许是他近年来最有艺术性的一部，除了巩俐和陈道明的精湛演技，更在于大量真实的小细节——而不再是虚幻的大场面，处理得那么细腻而撼人。这才是艺术最了不起的吧。

导演一直在努力地用镜头语言表现这一切，有节制地。

散场时，我看到周围的观众，几乎都掉泪了。

这也是张艺谋的归来，他宣告自己迷失后的归来，艺术的真谛在于挖掘人性，寻找灵魂。

这种追求，曾在二十世纪八十年代昙花一现。

但，即便归来，又能有什么用呢？何时艺术救过中国？

如果有一天最后经历灾厄的那个人死去，我们还是要去拍科幻的。

只能从梦一样的电影中去记忆真实，这意味着苦难成为永恒。

（二〇一四年六月十日）

中华文明中断了吗

有一次，我和朋友去寻访京城的李鸿章祠堂，听说在西总布胡同二十七号。这里有送快递的，有卖肉的，有水果店，有副食店，有遛狗老人，有下学学生，但祠堂已无。朋友说，写《龙旗飘扬的舰队》那位作者，曾访此，见凋敝，大哭，找为官者，请求抢救，也有批示。但今天所见二十七号，仅是“国家大剧院创作中心”。看门者，是外地年轻人，称不知道。旁侧居民，大都也说不知。一位副食店老者，称仅剩一堵红墙。又入一大杂院，问住户，说早无，仅剩红墙。果见有一堵。又上百度查，说是一九九一年，就开始拆了，慢慢都拆除了。

沿街东去，又见有“赵家楼饭店”，查百度，知赵家楼果在附近。有火烧赵家楼纪念碑。寻访，不见，又问人。才见在一旧居民楼前，铁栏围住，一人多高小墙，为赵家楼居民区在一九九二年立，寒酸莫辨，前搁旧自行车。实际上，中国历史上的，很多都毁了，不在意它们有无了。中国最宏伟的古建筑群故宫，也仅有几百年历史。连北京的城墙也是毁了的。

我们去参观故宫、颐和园，还有国子监，那里有很多楹联，上面写的，是看不懂意思的，而且很多字认不出来。感慨那时的人真有文化，包括毛笔字写得那么好。

另外是他们字里行间表达的想法，是那么陌生，还有那些水墨画的意境，亦不再能理解。我想，常说，我们是四大古代文明中唯一不曾中断的，果真还如此吗？一个古人，比如唐朝的李白，来到现代，他看到的中国，是什么呢？他会觉得到了外国吗？那些简体字，不认识，传达的意义，也不明白。街上的标语，比如，践行某种价值观，他也不会明白。这不仅是时代差的问题。可能华盛顿到了现在的美国，他还能基本明白。但中国的古人到了现代社会，他一定不明白。在中国人眼中，作为“外国”的中国，是一个什么国？这就是科幻的来源。

一个人时间有限，而时间用在什么方面，读什么，学什么，做什么，决定了他是什么人。我扫视我书架上的书籍，大吃一惊，竟大部分是外国译作。它们从小占据我脑海。我的思考方式，有时可能是达尔文的，有时可能是卡夫卡的，有时可能是村上春树的，大部分时间是马克思和恩格斯的，但中国古代的文化，坦白说要比这些少得多。比如我只能完整背下寥寥几首唐诗，我没有通读完二十四史，我连《红楼梦》都没有时间看，对《论语》和《道德经》也仅潦草知道。我写文章，在伟大的汉语宝库中，还记得住去选用的词，非常贫乏。我看到鲜明美好的景物，无法用生动的汉语描述出来，而只能举起手机拍照。而我花了很多时间在网上，看“译言”的东西，也沉浸在微信的快餐中。是这些，塑造了我这个人。而我与年轻人比，相差更远了，他们谈论伊藤润二，谈论 Big Bang。我还是中国人吗？用什么来定义我是一个中国人呢？仅仅因为身份证和户口本吗？

我在博物馆看到那些保存下来的古代器物，好像面对一个文明逐渐丧失的过程。商代青铜器，生动，大气；汉画像砖，厚朴，精致；

唐三彩，雄浑，豪迈；宋代瓷器，烂熟，唯美。但明清以后器物，渐然小气，粗鄙。我们的文化高峰，已经过去了，除了器物，还有服饰、食物、语言、音乐，都极大改变了。剩下的是什么？难道只是“关系”吗？是烙在基因里对权力的敬畏吗？是这个证明我们的文明仍在延续？

就算这样，也有许多的人，已经不再留恋这个国家，只要有机会，就把孩子送到国外念书，学洋人的语言、知识和想法。实在没有办法的，才留在国内。出国旅游，这是中国人啊，来自著名的礼仪之邦，被当年欧洲人倾慕的文明故乡，今日却往往是粗鲁无礼者，也蔑视入乡随俗。就在国内，街上也时而能见不讲礼貌、横冲直撞、插队不打商量的年轻人。

这使我怀疑，我们的文明，实际上已经中断。但它是怎么中断的？何时开始的？忽然的，还是渐然的？都不知道。没有时间和兴趣去探讨这个问题。股市牵扯了精力。

或者，需要一场文艺复兴，像中世纪欧洲那样，重新拾起希腊。我们重新拾起春秋战国的诸子百家，那种自由开放的气魄，人性中的奔放炽烈。但或许这是不可能的。因为那时他们的基因是多样的。科学家对 Y 染色体的研究表明，不知从何时起，北方某些区域的男人的基因，扩散成了整个中国人的主流基因。而南方的男人，很少传下他们的后代。

现在，开始讨论后人类。科学将促使中国人大变。或猜测，一是改变基因，重新返归原初中国人；二是改变基因，变得更不像中国人。哪个更有实用性呢？选择后者的笃定会多。所谓的“中国人”，就是具有超强生存适应性的人？

（二〇一五年七月十七日）

阿城和他的时代都一去不返了

近日读《阿城文集》。这是第一次，他的文字，以文集形式出版。一共七本。

阿城生于一九四九年，今年六十七岁了。没想到时间过得这么快，连他也老了。他原籍重庆江津，生于北京，被称作寻根文学的代表人物。但读了这部文集，觉得远不止于此。

多年前读《棋王》，赞叹不已，反复多遍。圆熟，自然，精致，又大智若愚，大音希声。这次与《树王》《孩子王》合为一集。这样的文字，真的不是后天练出来的。

其他的，有《遍地风流》，也是名篇，蔚为大观。果然遍地风流，绘声绘色，写了他那个时代的青春骚动，主要是“文革”中，残酷、血腥、歹毒、好玩、色情、幽默与欢笑。能用那样的笔触，简直像顶级画师一样。他能不动声色，描写死人在火上被烧爆开，肚中流出油来。还有毛泽东检阅红卫兵，只是从鞋写起，写那鞋，如何精密缝制，被小孩子穿上去见毛主席。最后，天安门广场，遗下的是满地破鞋。他写一个人，收到一封信，里面装一白纸，自此他被周围警觉的人判断为特务，人生也就完了。阿城能把每一瞬间和细节，进行绝妙而永恒的记录，却毫无刻意。

另外是大量的随笔、杂文、访谈，许多是我未读过的。

阿城的很多想法，让人会心。他称当代中国，是“超现实”，此与我们常说，中国现实比科幻更科幻，有相似性，仿佛找到了同道。但他毕竟是更高明的。他说到的那些，信手拈来，娓娓道来，不像我们，有时还要装。这是时代的落差。二十一世纪的中国，再不可能产生阿城了。

他谈到了皇帝的消失，浮想联翩，说若还有帝制，没准儿现在两岸，也好谈拢一些，让那老爷子撮合一下，该多好。这是他的想象和幽默。

但更多的是悲戚，字里行间，常常感叹中国文化不再，历史断裂，传统丧失，连常识也找不到了。他说，不要奢谈什么文艺复兴，能恢复文化生态就不错了。

他的文字是一种扭捞直白的美，平淡而怪味，充满烟火气，也有仙气，有时带侠气。他能飞快抓住一件事一个人的“精神”。他有女人般细心的敏锐，又有历史学家的洞察，还有算命师一样的直指人心。他的那些异想，完全不知哪来的。只能说此人的确是天人。他难道是从魏晋那个时代穿越来的？

他讲刘翔的髋是黑人的髋，你蒙古髋再怎么也跑不过他，那是先天。他说西化很重要，佛经和圣经的翻译，影响到了后来的中文。以前的中文是纵向的，是和神沟通的，但翻译后，可以横向传播了。他说赵本山是巫，二人转，是跳大神。赵本山是巫师，他只要点一下你就进入催眠了，他会引导你。

我也奇妙地发现，他对科学有特殊爱好，他的很多文章，是讲科学的，甚至大段论述，讲遗传物质、线粒体、细胞、爬虫复合体，对我们身体和文化的作用。

他讲人类的文化基因，实是萨满，绘画、音乐、舞蹈这三者，都是萨满时期形成的。我们身上仍存留着萨满的东西，没有随轴心时代的到来而消失。

他二〇一五年有一个受访，谈与侯孝贤在《刺客聂隐娘》的合作。他说，侯导的电影如果被中国电影淘汰了，历史会说话的。

我读《阿城文集》，不忍释手，走到哪里，都拿着这书，随时翻阅，坐车也看，竟然读掉了两册，不知某天某时读后，就遗落在大千世界某处了，心中甚是难过。这是以前没有过的。

二十世纪八十年代，出现了阿城一批这样的作家，他们性情、敏感、文化。那时他们写东西，可能就是写给某个认识的人看的，写在烟包纸上。现在不少人，讨巧、机心、趋利，有知识、没文化，有学识、没见识。而阿城那时的环境也跟今天不太一样，倒也说不上多么宽容、包容、多元、差异，但可能要自由和随意一些，不那么紧张畏惧。

在今天，这部文集能够出版，亦是一个奇迹。我读它，感到悲伤，那就是，中国很多最好的东西，可能是一去不复返了。

（二〇一六年五月七日）

诗写得再好也唤不回青春

应邀参加上海“诗歌之夜”，一个与我无关的活动。在徐汇区群众艺术馆。大群人，排着队，等待入场。上海人如此热爱诗歌，令我震颤。

像科幻星云奖颁奖现场一样巨大的剧场。有一个爵士乐队，在舞台的角落，不时奏响一曲。到底上海不同，比北京更文艺。

主持人一男一女，男的说英语。穿蓝色裙子的女主持很漂亮。

先介绍官员，从宣传部、新闻局一直介绍到群艺馆。好多单位。然后才介绍诗人。我边上坐的男性观众，介绍官员时没鼓掌，介绍诗人时鼓掌了。

来了很多诗人。我认识的只有西川。另还有杨炼、唐晓渡、李少君、于坚、赵丽宏、管管等。除了海外的北岛和死去的顾城，一线大牛几乎都来了。还有很多外国诗人。

然后是朗诵。西川最先上。他明显老了。他朗诵了一首有信天游风格的诗歌。

基本是上一个中国诗人后，就上一个外国诗人。外国诗人也都是大牛，但我都没有听说过。

杨小滨用上海话朗诵，写他自己死后的事情，引起一片笑声。他还用意大利文献唱了一歌。

我边上一位少妇模样的，闭上眼听，很沉浸，嘴唇不停抖动，然后拼命鼓掌。她穿得很正式。散场时她遗下一盒感冒药，是很严重的发烧感冒才要服的那种。

管管是中国台湾来的，穿得像个日本人，八十六岁了，又吟又唱。

最后是杨炼。他披头散发上场了，谦虚地说，我的三十年，是中国三千年历史传承的一小部分。他写的是参观杜甫草堂。他说，不知是他写杜甫，还是杜甫写他。

中间，有一个“公众参与奖”的颁奖，是针对上海民众的诗歌征文。以上海为主题，征到四百五十篇。那么多民众喜欢写诗，比写科幻的还多，这让人振奋。

上海的文化自信真是满满的。

这个诗歌之夜，是上海第一次举办。其实以前也有类似的，但没有这样高大上。正式的名称叫“第一届上海国际诗歌节”。

也是要纪念新诗百年。一九一七年，胡适在《新青年》上，开始发表白话诗。

诗人们的诗歌都很讲究用词和意境。很美。有的给人以启示，让人感叹诗还能这样写。诗人的确是奇怪的动物。他们看到的世界与常人不同。更接近画家，是非理性的。

我期望听到像金斯堡的《嚎叫》、艾略特的《荒原》那样的诗。我觉得中国这样的一个时代，应该有这样的诗。但是没有。诗都很好，无伤大雅。很美，但有无力感。华丽中苍白。机巧中展现些小智慧。缺少悸动。

另外，诗人普遍比较老，尤其中国的。外国的稍年轻，最小的也生于一九七一年。

看着他们气喘吁吁朗诵，我心想，诗写得再好，也唤不回青春。对此毫无办法，无能为力。我亦在此列。人要有自知之明。但实际上人往往活在虚幻中。以为诗，延长了青春。把诗或小说当作可替换衰老器官的器官，对人对己都是很大的伤害。这一定要警惕。

快结束时，主持人还没宣布结束，乐队还在奏乐，很多人就起身离场了。门口很难打到出租车。

而在同一天，成都举行了第一届成都国际科幻电影节。这是未来的维度。成为主力的都是些年轻人。

（二〇一六年八月十九日）

《红岩》背后：肖泽宽百年诞辰

肖泽宽，四川富顺人，生于一九一七年十月十日。今天是他的百年诞辰。

他一九三六年一月参加革命工作。一九三八年一月加入中国共产党。解放前，曾任中共川东临时工委书记、川南工委书记等职，是当时川东川南地下党的主要负责人。江姐、许建业等烈士，还有“双枪老太婆”（许多游击队员的艺术化身）等，是他的同事战友。

解放后，他曾任重庆市委常委、市委组织部部长，北京市委组织部部长等职。他于二〇〇三年六月十七日在北京逝世，享年八十五岁。

北京市委组织部发布的“肖泽宽同志生平”说，“肖泽宽同志多年从事党的组织工作，成绩卓著，深受广大党员干部的尊敬与爱戴”“他为共产主义事业，为党的建设贡献了毕生精力”。

他曾代表重庆市委，组织领导革命历史题材小说《红岩》的撰写。这部小说对我影响很大，我小时候看过多遍。但我很久都不知道，这是肖泽宽组织领导撰写的。

二〇〇六年七月十四日《北京日报》刊文《肖泽宽：〈红岩〉读者不知道的故事》，作者王维玲。文章写道：“我第一次见到肖泽宽，是在一九五八年十一月，当时我陪同团中央常委、中国青年出版社党组书记、社长、总编辑朱语今来到重庆时，朱语今敏锐地感觉到‘中美合作所’渣滓洞、白公馆狱中斗争事迹是向青少年进行革命传统教育的好题材，于是我们便决定向罗广斌、杨益言约写长篇小说《红岩》。”

当时，罗、杨有顾虑。肖泽宽作为市委组织部长，立即向市委第一书记任白戈、书记李唐彬汇报，任、李都很重视朱语今提出的写长篇小说的建议，但任白戈没有立时表态，担心万一写不好，怎么向团中央交代。肖泽宽对白戈说：朱语今和我是老战友了，万一写不好，只要我们尽力了，团中央也不会说什么的，而且朱保证，中青社也会帮助他们的。在肖说明这一切后，白戈才表态：“好，我支持。”为此，任、李、肖还在常委会上提出，决定要把长篇小说《红岩》的创作，当作一项严肃的政治任务来考虑，指定肖泽宽代表市委负责组织领导小说《红岩》的创作。

肖泽宽首先要组织部把罗、杨从各自工作岗位上抽出来，给他们足够的时间，让他们集中精力、专心写作。他亲自和罗、杨谈话，表明市委对他们写作的支持和希望。

他发现罗、杨对狱中的革命烈士的思想和事迹比较熟悉，但对国民党敌特人员，特别是敌特上层人物了解不多，也感受不深。为此在他的提议下，经市委领导批准，准许罗、杨到公安部门查看有关的敌特档案，提审在押的敌特分子。这个重要决策，对罗、杨写好《红岩》来说太重要了。

“在一个深秋的傍晚，他来到团市委罗、杨的住处，饱含着悲伤壮烈之情，热泪盈眶地向罗、杨介绍了他的亲密战友、重庆地下党工运书记许建业烈士生前从事地下工作时的感人事迹和他被敌人押赴刑场，牺牲前游街示众时表现出视死如归、大义凛然的浩然正气，以及许建业牺牲后在国统区重庆市人民群众中产生的巨大影响。原来罗、杨只了解许建业烈士狱中的一些斗争片断，而对许建业被捕前和牺牲时在公众面前的事迹是不了解的。后来罗、杨在肖泽宽提供的许建业烈士的第一手珍贵材料的基础上，又糅进了许晓轩烈士一些事迹，成功地塑造了许云峰的形象。”

针对初稿中存在的问题，肖泽宽对罗、杨说：“中美合作所集中营的斗争，确实是非常黑暗、非常残暴，所以人们才说它是座人间魔窟。但就是在这里，共产党人用自己的热血和生命、气节和情操，写下了不朽的历史一页。你们写小说，不能仅仅停留在写一个，抓一个，死一个，要通过烈士的事迹，写出烈士的精神和本质，你们现在是在谱写一曲共产党人的正气歌！”

对于是写一个监狱，还是两个监狱？肖泽宽说，形式服从内容，如果你们能写好两个监狱的斗争，又能写出特色，为什么不可以写呢？

肖泽宽还对罗、杨说：“几个座谈会开下来，听了不少意见，你们还是要独立思考的，自己负责，放开思想，大胆创作。不能遇到困难就灰心，就打退堂鼓。知难而进，才能进步。在文学上你们是生手，这没什么，不懂就学吗！搞文化工作得有知识，你们半路出家，更要在这方面下功夫补上课。边学边写，不要急躁，要有长期思想准备，一年不行二年，三年不行五年，为党争气，为死难烈士争气，也为自己争气，一定要把小说写好。”

《红岩》出版后，罗、杨说过这样的话：“当时肖泽宽说的这些话，既温暖了我们的心，又鼓起我们继续创作的信心，同时也使我们对小说创作的长期性、艰巨性有了充分的思想准备和进一步认识。”

出书前的关键时刻，肖泽宽决定做两件事：一要他们依靠专家指点，拜沙汀为师；二要他们到北京学习参观。这两项举措，使罗、杨和《红岩》最终走上成功之路。

《红岩》第一版稿费六千元，扣除罗、杨因生活和写作需要预支的四千元外，尚有两千元。罗、杨商量后，决定全部交党费。杨益言带着两千元稿费，去见肖泽宽，肖听了杨的汇报后说："为写《红岩》，你们熬更守夜，辛苦了几年，现在又是困难时期，这钱就不要交党费了，拿回去，补助一下生活，照顾一下孩子吧！"

王维玲文中称，当时肖泽宽四十一岁，作为重庆市委常委、组织部长，组织领导文学创作并非他的本职工作，但他尽心尽力，工作深入，方法得当，有效地领导了小说《红岩》的创作，为我们提供了一个党领导文学创作的成功范例。

肖泽宽去世八年后，二〇一一年，某杂志发表文章《小说是不是历史：〈红岩〉中历史事实硬伤知多少》，指出书中存在大量错误，与历史事实不符。比如，破坏重庆地下党的，不是"小角色"甫志高，而是当时的重庆市委主要负责人刘国定等。中美合作所与大屠杀并无关系。重庆大火也不是国民党特务纵火。书中讲国民党撤离重庆时设定了一百多个爆炸目标，但实际上只有十八个。杨虎城也未曾关在白公馆。叶挺也未在渣滓洞写《囚歌》。

这在读者中引起争论。有人说，小说就是小说，不是纪实文学，也不是传记，为什么一些人总是吹毛求疵，把小说中的人物拿来与现实中真人"对号"？作者大概是读《三国演义》就等于读《三国志》的高手。

还有人说，就整个小说的历史背景而言，并没有进行歪曲，只是有些愚蠢的所谓史学研究者喜欢把历史与文学做点对点的比较（不能说是研究），误导了不少善良的读者。

还有人说，建议某杂志组织考证《红楼梦》《西游记》《三国演义》《水浒传》等小说的历史事实硬伤。这些小说作为所谓的名著已经欺世盗名几百年了，严重篡改历史、严重颠倒历史，极其严重地与历史事实不符，存在着极其严重的硬伤。

也有人说，作者的动机很明确，《红岩》的确是小说，既然是小说当然可以虚构，也可以与史实不符。但人家说的是有些人把《红岩》当史实来教育下一代（至少我读书的时候是这样被教育的），这难道不需要警醒吗？

还有人说，“文艺”要为无产阶级政治服务，所以“无产阶级政治”需要什么，“文艺”就得写什么，“无产阶级政治”让怎么写，“文艺”就得怎么写！所以，《红岩》中出现大量违背历史事实、违背生活真实的情节就不奇怪了，那是政治需要。

还有人说，《红岩》显然是文学作品，是出于政治的需要写出来的。它曾经打动过我，但后来我为自己的愚蠢而懊悔。

对此又有人反驳：你承认《红岩》是文学作品，还打动过你，说明这部作品非常成功，你是这部经典小说的受益者。你现在说“是出于政治的需要写出来的”，请问：全世界的文学作品不都体现着作者的思想倾向吗？为什么《红岩》的作者不能有自己的思想和观点？你说“我为自己的愚蠢而懊悔”，你因为《红岩》而受益，不但不感谢这部作品，还站到了它的反面，你是最没良心的典型！因为这是一部具有非凡意义的爱国主义教育作品，所以遭到敌对势力的攻击，这是正常的，不足为奇。估计这部作品一问世，对它恨之入骨的不在少数，只是不敢跳出来罢了！由于多方面的原因，现在小丑们都纷纷登台表演了。

……

肖泽宽在世时，《红岩》就已经受到批判。当时红卫兵的大字报写道：“……无怪乎《红岩》出世后，得到旧中国宣传部拍手叫好。肖泽宽在一九六二年冬，还大肆鼓吹：‘中国宣传部对这本书评价很高，认为是白区党的斗争史，就到此为止了……’这正说明肖泽宽、罗广斌等人与旧中国宣传部阎王殿是一丘之貉！”江青在一次会上说：“……华蓥山我做了调查，碰见鬼，根本没有这个问题。罗广斌是罗广文的弟弟，有人替他翻案，我们根本不理他。华蓥山游击队，根本糟得很，叛徒太多了……”肖泽宽被打成“黑组织部长”。罗广斌自杀。

但这还不是肖泽宽遇到的更大政治风波。“大跃进”和“自然灾害”期间，三分天灾，七分人祸，天府之国大量人口饿死，四川省委主要负责人捂盖子，对存在的严重情况轻描淡写，仍然强调“反右倾”斗争的必要性。在这种情况下，重庆市的三位领导干部肖泽宽（市委组织部长）、李止舟（市委副秘书长兼办公厅主任）、廖伯康（市委办公厅副主任）于一九六〇年上半年，分别以书面和口头形式向中央反映了四川饿死人等真实情况，以及四川省委主要负责人的霸道作风。他们为使灾情不再扩大，挽回一些损失，可以说是忠心耿耿，为民为党为国进言。可是，这就触怒了省委主要负责人。随后借贯彻八届十中全会精神之机，秋后算账，于是他们三人被打成了“肖李廖反党集团”。“文革”之初公开批判时，又称为“反党反社会主义黑帮”，他们经受了更加残酷的迫害。

肖泽宽于一九八二年离休。当年在中共北京市第五次代表大会上，他向组织提出，不再进入市顾委工作，恳请离休。后来组织的评价说：

这为推进干部队伍年轻化、顺利实现领导班子新老交替做出了表率，是北京市最早办理离休的领导干部之一，表现了一名优秀领导干部的高风亮节。

他离休后一直住在北京雅宝路一个小区的普通公寓里。我曾去看望舅公，他是一位和蔼、沉稳、朴实的老人。

想想《红岩》，我觉得我不应该写那些不着调的科幻小说。

（二〇一七年十月十日）

南京大屠杀：当两个没有罪感的民族相遇

中国作协副主席、书记处书记何建明的《南京大屠杀全纪实》是一本“报告文学”，书中披露的一些事实和得出的一些结论，颇为触目惊心。其中，日军的残暴就不再多说了，已被远东国际军事法庭钉在了历史的耻辱柱上。而此书中还有另一些让人看了害怕的，我以前没有听说过。

其中一幕便是国民党十几万守军崩溃和逃跑的乱象。当时南京阵亡一两万人，逃兵有十二三万。当官的先跑了。剩下的接到撤退命令的和没接到撤退命令的，都开始逃，有扔了枪的，也有拿着枪的。他们跑到挹江门，发现门关着，原来是城楼上的士兵还没有接到撤退命令，拒绝放这些逃兵通过。于是双方开火对射。上面机枪扫射下来，下面一片一片倒在地上，后面的人蜂拥而上，从尸体上踩踏而过。有的搬来木板木门，铺在成堆的尸体上，踩着往前冲，殊不知木板下的尸体顿时腹破肠裂，血溅起几尺高。又有开着汽车往上冲的。倒下的，即便是活人，也永无机会再爬起来。后面的人会毫不犹豫从前面人的身上踩过去。挹江门前的尸体几乎砌有一个人那样高，后来清查其数，不下五千人。不少人看到难从此出城，就转寻别的路径。

好不容易来到江边，这里人成千上万，而渡船只有两三只。长江成了生和死的分界线。一只船刚靠岸，一群人便跳上去，有的坠入江里也无人理会，几百只手抓住船沿。岸上的人不让船开走。好多人紧攀船沿随船驶入江里，也有的跌在水中随水流向东方。有的船载重过量，连船带人即刻沉入江中。在这个俄顷里，人与人之间什么也没有了。没有船，就用木杆，用桌椅，用床架，用门板和木盆。那天夜里风浪大，淹死不计其数。有的人看到自己还未上船，而船已开走，便用枪甚至机枪向船上射击，一人如此，人人如此，直到把船打漏下沉为止。满江都是人头，水面全是尸体，呼爹叫娘之声震天动地。驶到对岸，那边又开枪，是没有接到撤退命令的士兵在阻击。这时，日军的飞机、骑兵和坦克车队已经追至。

……

何建明的这本书有六十多万字，从书后附的参考书目看，作者查阅了已有的中文史料，对七十七年前的惨剧做了全景式描写。最后，他对南京大屠杀提出了十个让人困惑的问题，从另一个角度探讨南京大屠杀为什么发生。

比如，为什么中国多汉奸？日军攻进南京城，看到街头两旁有许多举着太阳旗的中国人，嘴里喊着“日本万岁”“欢迎皇军”的口号。还有一些商店，出现了为数不少挂太阳旗的地方，甚至还有“欢迎皇军”的标语。到后来，这种现象就非常普遍。有一些中国人为了从皇军那里领到一份食物，竟跟着日军，把藏身于民众中的脱下军装的中国官兵指认出来。还有的为日军找“花姑娘”。

比如，这个民族是否还有血性？当时守城军队十五六万，其中包括蒋介石的精锐教导队三万，有高坚古城墙和护城河的防卫，居高临下，却经不住八万日军一两天的打击便全线溃败。内耗严重是主要原因。对外软弱无力，对内彪悍强横。打内架，修理同事、同行、同族人、同路人的本事，可谓招招见血。这是中国人的本事和能耐。

比如，为什么几万中国军人被日军枪杀，现场却罕有人站出来带头反抗？作者查阅了大量史料，发现屠杀现场绝大多数人只是抱头弯腰躲枪杀，或躲在别人身后，期待别人的身体能挡住飞来的子弹，结果是你死我死大家全死。一个班一个排的日本兵，用几挺机枪、几十支步枪，就将成千上万的中国俘虏、中国百姓杀得一个不剩，个别没死的只是因为倒下在尸体中装死才幸存了下来。作者痛心疾首地说，这样的军队和民族遇到日军这样灭绝人性的军队，惨遭大屠杀是必然的。

再比如，为什么会好了伤疤忘了痛，甚至刻意清除记忆？如果不是小泉纯一郎和安倍晋三，年轻人中有几个还会记得南京大屠杀？对于当时南京城到底有多少人，包括警察厅的记载，一会儿说二十多万人，一会儿说约五十万人，没有一个准确数据。战后几十年，不同政府不同组织，多次对大屠杀死亡人数进行统计、调查，但都是不全面的、零碎的、临时性的，缺乏严谨的、科学的、系统的、精细的调查与统计。这让日本右翼钻了空子，甚至让中立和友好人士也感到无法帮助我们。三十万，这个数字好大，但我们依然不知道他们姓甚名谁、家在哪里。对比日本人对广岛长崎遇难者的精确统计，实在汗颜。

作者担心，假如侵略者的屠刀再次举起，我们是否做好了准备？一旦到了那个时刻，我们该怎么办？

今天是南京大屠杀七十七周年，中国首次举行国家公祭。我不禁想到一九九二年我第一次去南京的情形，我选择的第一个去看的地方，就是七年前才开馆的南京大屠杀纪念馆。坐公共汽车，在满是泥泞的破路上，颠簸了许久才到，人很少，像个县城级别的展馆，简陋粗糙，展品看了并没有给人留下深刻印象。后来我虽多次去南京，但都没有再去那儿。当地人一般也不主动邀请我去参观这个展览馆。但此后我开始试图了解那段历史，搜集能买到的关于南京大屠杀、关于抗日战争、关于太平洋战争、关于日本的书籍和资料。

我认识到，何建明“十问”中的这些情况的发生，可能有多种原因，但至少跟中国人罪感的缺乏有关系。这个国家的人们并没有真正的宗教意识，也缺乏是非善恶观念。我们在古代和现代都嗜好屠杀，也最终被屠杀。那么，通过国家公祭，是否能有所改变呢？除了记住仇恨，还能增添一些什么呢？

而日本只怕也是一个缺乏罪感的民族，这或许是南京大屠杀发生的原因之一。据记载，不少日本兵在杀人强奸时，也觉得害怕，或者觉得不好，但想到，明天自己只怕也活不了，为什么不放纵一下呢？日本人对最后的审判不感兴趣，为此进行的悔改和赎罪的教诲，也是日本人不习惯的。西方人清楚地感受到与神的差别和距离，但日本人不喜欢区别、对比、选择。因此常常善恶不分，不以罪恶为惧。他们忌讳惩罚罪的裁判之神，而仰慕宽恕的神。我觉得，要认识南京大屠杀，就要读远藤周作的《沉默》和《深河》，以及大江健三郎的《万延元年的足球队》。

但即便有了宗教感，又能如何呢？二战中的基督教国家之间的屠杀或他们对非基督教国家的杀伐，不也惨绝人寰吗？如德累斯顿大轰炸，还有奥斯维辛集中营，以及广岛长崎的毁灭。更早一些，有他们对印第安人的屠杀，对圆明园的掠烧……时间其实都不久远。

人这种动物是什么事都做得出来的。这跟国家、民族、主义、制度和宗教无关吧。

宇宙是如此的浩瀚，我却生活在了人类中间，真是让人害怕啊。这也便是科幻存在的理由。

（二〇一四年十二月十三日）

奇观时代

死尸

那截小腿就歇在秋夜的铁轨外，毫无力量地蹬着一只球鞋，没有躯体的装饰，它活像一个漂移出句子的感叹号，一群群的神经和肌腱，还有骨节，翻卷在赤裸斑驳的断层上，白色如蛆，红色似舌，它给人的印象就是冷藏室中的新鲜猪肉。

然后才看到尸骸，在火车的腹下眠着，模糊不清，似乎头也相像于臀，即使走到离它仅三五步，仍然摆脱不了这种迷惑，那卧着的，只不过是一堆松散而褶皱的衣帽而已。冰凉如水的肉体和孱弱如丝的灵魂早已漏在了路基下面三尺深的地方，蛇的火车浴在星光静谧之中，钢铁的喧嚣和死者一样远远离去，两排黑树也都浴入了夜色温柔，只有人群骚动不休，长吁短叹，一派不祥。一个早逝的同类引起了一种异乎寻常的情结，火柴焰和电棒光遍野闪烁，忽然鬼火惶惶，我看见血的梦境不单在铁轨上，而且在整个夜色和人群中泛滥升起。

我不愿看，但又不能不看。尸骸不时被灯火耀得泛白，而它却在众目睽睽下那么泰然，好像是已经找到了一个永恒的乐趣，远离亲人独自享受去了。结实的腿部使人相信这是青年，优美的长发使人怀疑这是少女，而多毛的手臂又使人推测这是男儿。他也许是独行的冥思者，或可能是抢道的冒失鬼，对自身充满信心；但司机却这样梦呓：看见他猛冲上来，我就刹车，在后面一声惨叫……

司机弯下腰，把他扒出来，像清洁工从下水道里掏出一只死耗子。人群惊呼着散开，像被月亮驱散的群星，又立即重合拢来。一张火红的来自天外的脸，岩浆和泥沼的脸，在上面找不出人世间任何表情的脸，一张从阎王的私坟中掘出的脸！扭曲脱节的肉身，创世主的赝品，在美女眼睛中打碎的瓶胆，一具残破的棉絮，一个活生生的噩梦！

看见他猛冲上来，我就刹车……

死的魅力如此之大，吸引着他，和我们这一群。我一手拉紧同伴，一手抚住左胸，仰头看去，秋夜过于漫长，天庭过于空虚，无数的星宿在上面滴滴答答，走动不停，本来它们是安然的，这时也因为死尸的诞生而惊动起来，那儿是上帝的老巢啊！忽然面前的灯火辉煌一体，狂乱地扭动着，汽笛也尖厉短促地撕扯着压抑的天地，酷肖垂死者的喘息，人声也陡地从四面八方高涨起来，人头簇拥，脚步轰鸣，仿佛一场大难就要降临。我惊疑不决，脑海被一列特别快车碾得狼藉一片，骇然四顾，难以理解，是死者复活，还是出现了新的死者？

在后面一声惨叫……

第二天早上，像所有可怕的一样，死尸反而不清晰了，但它变成了一个沉重的顽石，用一根从十字架上解下的绳索紧套在我的脖子上。

（一九八二年十月十日）

汶川：我们急需空投帐篷、食物、药品和卫星通讯设备

刚刚度过一个不眠之夜，太阳仍照常升起，却感到与往常不一样了。就在昨天下午两时半，我们在大楼里感到震感，编辑警觉起来，迅速抢发了“北京感到震动”的英文快讯，比路透社慢了一分钟（路透社是从美国国家地震台网得到的消息），但比美联社和法新社快。随后我们才接到了中国地震局的消息，先是说七点五级，后修正为七点八级。我们首先向世界报道了这个震级。随后在地图和网站上飞快查找汶川。我们在消息中第一个加入了汶川人口数量为十二万人的背景，以及汶川一九三三年地震死亡九千人的背景。这时从成都和重庆都有了“发生地震”的消息。但那边所有的电话都打不通。我重庆家的固定电话打不通。姐姐的手机也打不通。然后就是漫长而焦灼的等待，但彻夜始终是“地震中心基本无消息”的消息，给人感觉是汶川已经成了一个连光线都逃不出来的黑洞。在周围的同事中，我忽然发现只有我去过汶川。一九九一年世界科幻协会年会在卧龙举行，奥尔迪斯等科幻大师以及我们，一起与藏族人围着篝火跳起锅庄，那儿的风光极美，人也极好。而那时我们即被一场泥石流阻住出不去，所以知道

汶川地理形势的困难。五月十二日晚上，我们的记者到达都江堰就过不去了，说是路断了。他们往前又走了八公里，说在一个小学操场上就看到了上百具尸体。还看到了被埋葬的旅游车，人是没法救了。汶川云厚下雨，军队直升机也降不下去，返航了。我们的记者乘越野车，从陕西方向，从甘肃方向，向震中迂回前进。四川方向，则试图先接近同样是重灾区的绵竹和北川。我们不断地被一个个数字震惊。先是晚上二十点半，有了北川的死亡数字，说是在三千至五千之间。然后在二十二点二十分左右，来了一个四川全省死亡七千的数字。我们刚发了英文急电，又来了一个更权威的，说是七千六百五十一人的，于是又发了新的急电。二十三时许，又来了新的，已到八千五百五十三人。凌晨，则上升到近万人。这些数字让我们值班的人难过。我尤其难过。我生在四川，长在四川，虽然十一年前重庆从四川分出去了，但我骨子里一直都是个四川人。我们还有一位值夜班的编辑是乐山人，她家的花园震塌了，而她的叔叔在绵竹的煤矿工作，直到现在还没有联系上，她自己一直咬牙埋头编稿，让整个世界尽快知道中国出了什么事。整个通宵，美联社，路透社，法新社，只要我们一发出稿件，它们就开始转发，CNN、BBC、NHK 的电视屏幕上，滚动的也都是新华社的英文报道。各国开始了慰问。凌晨三点，我们的一支记者小队终于到达了绵竹，这是迄今唯一进入重灾区的记者，他们用海事卫星发了第一篇现场报道。他们报道了灾民的惨状，说一个广场上就有“几千具尸体和伤员”。但从稿件中，读者还没有见到救援队伍的影子。但记者们直到现在仍没有到达北川和汶川。只是，我们在凌晨三点多钟的时候，终于发出了一条稿件，说是汶川县委书记没有死，他被阿坝州党委副书记用卫星电话联络上了，这个人拼命呼叫：“我们急需空投帐篷、食物、药品和卫星通讯设备！”黑洞终于蒸发出了一些信息。另外，整个晚上，我们特别难过的，是不断地编发了一所一所学校倒塌的新闻，大批的学生被埋在下面。学校，还是学校……然后，是不断地开会、开会……

（二〇〇八年五月十三日晨七时三十分）

比地震更甚之苦

云南昭通鲁甸地震后，国内大批记者拥至灾区。外国记者也有去的，人不多，但关注点比较集中。比如不少外媒问一个话题：六点五级地震，为何死伤如此惨重？其实这也是不少中国人想问的。一般回答是震级高、震源浅、人口密、房屋差。有人说，房屋差才是主要的原因。从日本回来的同事称，同样震级，在日本不太会这样。

一九七四年同样在昭通，发生了七点一级地震，死亡一千四百多人。这回六点五级，死亡四百人。实际上，时间过了四十年，农村的许多情况仍没有大的改变，包括居住条件。记者从鲁甸发回的报道说，那里人均年收入只有四千三百元（中国城镇居民去年人均年收入是两万七千元）。十几二十万元的抗震房对他们来讲是天文数字，他们中的许多人只好住在土坯房里。有个农民欠款七八万元盖了新砖瓦房，但因为没有抗震措施，这回还是塌了。这不是科幻，却让我想起刘慈欣的《乡村教师》和《中国太阳》。在小说中，都是农民在拯救宇宙。但前提是，农民先要在地震中活下去。

云南、贵州、四川、广西，我去过多次，其贫困状况仍然让人触目惊心。央视法制频道不久前播过一个农村人犯罪的片子，给我的感觉那是因为实在太穷了。所谓的家，只是一堆竹竿子搭起来的棚屋，四面漏风。

而恰是这些西部地区，官员贪腐比较严重。如云南，二〇〇三年，云南省长李嘉廷受贿一千八百余万元被判处死刑。十八大后，又有云南省副省长沈培平、云南省委常委张田欣等贪官落马。近年，西部省会城市盖起不少华丽楼堂馆所，这却是很科幻的场景。

贪官与震亡的老百姓有什么关系，需要更权威的部门来判定。但我觉得，在家里搁一亿多人民币现金、在各地拥有几十上百套住房的那些官员，是不太可能花太多心思在老百姓住什么房子这样的问题上的。他们只会关心自己的家族在宇宙中的繁殖。

云南昭通地震，是十八大以来，习近平的执政团队面对死难人数最多的天灾。上一次是四川芦山地震，死亡一百九十余人。令赶赴现场记者吃惊的，也是农村的贫困。几十年前盖的砖土结构房子一震就倒。

以下引用的是新华社二〇一三年四月二十日报道中的描述：

两层瓦房只剩几根梁柱支撑，摇摇欲坠。不顾救援人员的劝阻，芦山县龙门乡古城村九十二岁的骆玉英佝偻着颤颤巍巍的身子，几次冲进冲出，从落满石块和瓦砾的家里拽出并不厚实的棉被，抱出灰尘覆盖的几只耳锅。

它们是安置点帐篷里急需的生活用品，更是老人家中本不厚实的家当。震后第二天，骆玉英背着家人又抢出两个旧枕头。

“舍不得啊，都是值钱的。”老人说。她六十二岁的儿子在千里之外的江苏南京打工，六十二岁的儿媳带着孙媳，在十亩田地里刨食。

二十日地震当天，古城村的八十岁老人张玉昆不顾邻居劝阻，硬是躺在从废墟里抽出的几块木板上，守着老屋院子里的一头牛、两头猪、几只鸡过了一夜。

“它们没了，家里就什么都没了。”左腿残疾、一只眼睛失明的张玉昆现在每天都要从灾民安置点摸回半山腰的老屋，看上一眼才放心。

在芦山地震灾区，不少人都在像骆玉英和张玉昆那样，为了抢救家里的财物冒险，不理会救援人员的提醒和警告。挤满灾民的帐篷里还堆放着他们抢出来的木柜子、泡菜坛子、猪油罐子。

在芦山县太平镇，四川消防雅安支队先锋路中队的搜救队员拦住非要往自家坍塌猪圈里钻的一对七十岁夫妇，并花了一个多小时替他们搜救出两头一百多斤重的大白猪。

“老两口高兴坏了，不停地说感谢共产党，感谢解放军。”副中队长刘宣材告诉新华社记者。

记者看到，县城附近都是柏油马路，但越是行到远一些的山区，道路就越简陋，一场大雨就变得泥泞，加上滑坡，很难通行。

一些村民的房屋仍是老旧的砖木结构，有的建于二十世纪六七十年代。老房子倒塌最为严重。地震专家说，如果人们有钱翻修和加固房屋，或许就可以减少损害。

在同一个村子里，贫富差距往往也很悬殊。一位年轻记者说：“看到有的农村老人穿的衣服，跟十几年前我看到我爷爷穿的一样，破旧的军大衣和帽子。有的村民家中的电器只有一台老式的电视机。”

地震是一面镜子。同样生活在已是世界第二大经济体的中国，一些人生活的艰辛在另一些人看来简直难以想象。新浪网民“观古轩”坦言，如果不是发生了地震，自己不会知道这里的真实情况。

……

我当时指示前方记者做上述采访报道，有些“剑走偏锋”了，这在某种程度上，不是因为我是个编辑，却是出于科幻作家的使命感。但即便作为科幻作家，其时也没有想到，仅在二百公里外的繁华省会成都，李春城、李崇禧、郭永祥等省部级贪官正在进出豪华会所，大肆敛财。

十八大后查处的四十余名省部级干部，覆盖了许多省区。这个比例是很大的，也已超出科幻的想象尺度。这是老百姓最直接的苦难，甚于地震。

有时我想，是不是官员们还缺乏对老百姓的怜悯心？这比明朝的封建皇帝朱元璋还不如。这种想法实在是科幻作家的天真。

但怜悯，这毕竟便是文学的价值和意义。然而不少党员干部并不看文学作品。而地震不会让文学流行，更不要说科幻文学了。

（二〇一四年八月五日）

夏季达沃斯：一场科幻而浪费的会议

我参加过两次夏季达沃斯论坛，这个在中国天津和大连轮流举办的会议，又称新领军者年会，是瑞士的世界经济论坛在冬季那个有很多国家一把手参加的著名达沃斯之外，专门搞的一个“分坛”，设在中国，邀请有成长潜能的新商业和知识领袖参加。我国政府很重视。这次有近九十个国家和地区的一千五百名代表出席。这个论坛其实非常的科幻，印象最深的是八十多场互动会议和辩论，特别是还设立了一个“创想研究室”，提出了大量的假设性和挑战性议题。可惜的是中国媒体的报道，都集中在领导致辞引起热烈反响啊中国拉动世界经济复苏啊外国代表盛赞东道主啊什么的，其他很多有意思的内容无人关注。实际上，达沃斯还有下面这些精彩的东西：

整个会议都被“未来”的气氛笼罩，不谈论未来，人都会白眼看你。比如，讨论什么事件可能引发下一次经济危机？新兴市场在二〇一一年发生危机会怎样？未来十年数字医疗会不会普及？二〇四〇年工业发展的能源和原材料消耗会有多严重？二〇五〇年的城市生活如何？代表们预言，未来十年将以人力和自然资源匮乏为特征——但匮乏也正是创新之母。未来四十年全球人口将上升到九十亿，要以此为基础考虑企业、行业和政府的转型。有一场会议，专门讨论了朝鲜领导人的继任危机问题，假设万一金正日的三子金正恩没有当成最高领导人，世界会怎么样？

代表们畅谈经济社会变化中的新特点、新趋势、新灵感。比如讨论国家领导人和企业领导人应该读什么书？代表们建议增加小说、历史及科学著作的阅读。还有，在全球化、企业公民和公私合作等商业新词汇诞生之后，又有哪些功能、责任和风险将被用来重新定义现代企业？有一场讨论，是讲应不应该对人们显示身份地位的炫耀性消费加以控制，同时，开发另一种更具有可持续性的方式，来实现个体的与众不同，比如，弄出一种法拉利车的替代品。还有一场会议，认为生物系统与金融市场有一个共同特点——它们都可能会立即崩溃。

论坛设立了面积很大的科技专区，并安排了许多科技专题讨论，每一场都像是科学松鼠会的小姬看片会。我参加了一场讨论，是讲如何在自然界的生物的启发下，研发可持续增长的能源、医疗和交通产品，包括怎么利用太阳（不仅是太阳能）。另外一场印象很深的，是讲混合现实和增强现实，把实境与虚拟嵌合在一起，但这同时也有“阴暗的一面”。非常的科幻。还有一场讲云计算的未来的，说到二〇二〇年，消费者和企业生产的所有数据中，近百分之十五将由云计算存储，三分之一的数据将通过“云”处理，这将改变商业和行为模式，也将带来风险。

达沃斯论坛大量考虑的是人类面临的迫切问题，却往往展呈出许多不那么现实的思考。我参加了一场关于机器人的讨论，演讲者（主要是日本人）认为机器人已在成为一个巨大而现实的市场，但这方面的哲学意义也更加凸显了。会场上，人们争论多的，是机器人会产生

“爱”吗？创造者与被创造者的关系是什么？芯片里面是否会产生“我思故我在”？最后有人提出要重新考虑企业的研发原点：究竟应从要解决的实际问题出发，还是更应从知识和兴趣出发？一些代表认为，一些不那么功利的思路，可能才能导致真正的创新。

这些论坛，鼓励自由无拘的辩论，没有权威，不设“一言堂”，因此代表们（当然主要是西方和日本代表了）常常发生激烈的争论。但这些在中国媒体上都不见报道。

当然了，最感遗憾的是，虽然中国代表人数是所有与会者中比例最大的，但在许多会场上，几乎看不到他们的身影。我参加了一场关于老龄社会问题的讨论（也相当科幻，其中讲到了机器人、基因技术和专门为老年人设计的未来型社区，也是日本人主讲），大家都特别关心中国的老龄社会，认为中国正在成为世界上最大的老龄化国家，但现场看不到有什么中国人。

我不得不认为，夏季达沃斯上的这些议题，对于许多的中国官员和企业家来说其实是陌生的，他们听不懂也谈不出（这也正是中国科幻环境不好的原因）。再就是一些中国代表的层次不太高。据说只要有钱就能买到代表资格。另外论坛使用英语，大部分中国代表坐在那里如听天书。那么，他们开会，是为了做什么呢？是为了显摆，瞧，我参加过达沃斯论坛了。有的也是要推销自己的商品。另外，是在会场内外忙碌于认识结交各色头面人物。

十四日下午，夏季达沃斯论坛安排了一场主题为“社会中的艺术”的互动会议，预定由中国著名艺术评论和策展人栗宪庭主讲。不料，开始前，年轻漂亮的比利时女主持人却宣布，栗先生在最后一分钟决定不来了。于是，在听众们的遗憾声中，临时换了一位印度艺术家来讲。印度艺术家讲得也很精彩，一边讲还一边与大家互动，用英文讨论艺术是什么，艺术能否改变世界，艺术与科学的关系，当代艺术与公众间的鸿沟，艺术的阴暗面，文化审查制度，等等。

忽然，一位身穿灰色西装的中年中国男人也不举手，忽地站起来就用中文发言，声音非常的豪放洪亮："我是来自北京的企业家，现在开了一家玉艺术馆。中国改革开放三十年的经济发展取得了很大成就，但精神文明建设和经济发展还有差距。我的玉是传播精神文明的。我收藏了新疆的和田玉和昆仑玉，代表了宽容慈悲善良，代表了人与社会自然和谐相处，代表了仁义礼智信，大家可以从中悟出人间正道、幸福人生。我们定位为文化传播企业，专门做玉文化。我们馆藏的都是历代艺术珍宝。北京有一家俱乐部，成员都是富豪的子女，他们来我馆参观后，收获很大，深受教育！"

他滔滔不绝讲了近十分钟，然后就坐下了，再也不讲也不听了，一直在玩自己的手机。

在会议闭幕的十五日，夏季达沃斯论坛特别安排了一场主题为"未来的概念"的全体会议，重申"预测未来最好的方法是去创造它"。但很可惜，作为一场全球大脑风暴，达沃斯论坛在中国，没有更多地起到它应有的辐射和催化效应。感觉有些浪费。

（二〇一〇年九月十六日）

世博会：掌声为何给了美国馆

与中国馆像一座巨大的火山一样耸起不同，美国馆只有一层楼；与中国馆的秩序井然和一尘不染不同，美国馆前有瀑布，有绿树林，有食品店，显得杂乱，人们却可以在它的墙根下随便照相。

一进馆就能看到，美国人在与观众拉近距离。跟中国馆无人讲解、只有武警把守、穿黑色风衣的保安把观众喝来吆去不同，美国人始终在与观众互动，选出了一群会说汉语的“学生大使”，在现场做讲解并回答提问，话语着实幽默：“嗨，你们知道什么马不能骑吗？奥巴马不能骑。”全场大笑，排队的疲劳也减轻了。

第一个展示空间是一个五分钟的电影，不同职业和族裔的美国人（官员、警察、工人、运动员、家庭主妇等等），完全没有接触过汉语，却要模仿普通话发音，说：“欢迎光临美国馆！”听着这怪腔怪调的中国话，观众感到很是过瘾，又开心地笑了起来。特别是听到有一个很笨拙的美国妇女经过反复练习，终于吭哧地说得比较准确时，大家鼓起了掌。

第二个展示空间是一个八分钟的大屏幕电影，它无疑是宣传美国价值观的（据影片介绍，这种价值观是“乐观、创新、合作”，与中国馆那部气势恢宏高屋建瓴图解改革开放的影片不同，它拍得着实轻松，先是希拉里出场，向中国观众致意，然后是一串人物故事，包括有很多小孩子出场，讲述自己的梦想。有个小孩设计了“梦机器”（DREAM MACHINE），他说，“这是提高想象力的创意。”大人评价：“小孩们观察世界，看到一切都是可能的，要支持和鼓励他们。”有个小孩说：“如果大家都做一点小事则变成大事。”又一个小孩说：“你必须不停地梦想去改变世界。”还有NBA球员、科学家、教育工作者，都来讲他们的梦想。

然后一个女人说：“我们现在要请出美国总统啦！”奥巴马出现了，说：“祝贺你们，中国人民和上海人民。”他又说：“克服困境，并怀有凡事皆可能和乐观的观念……这就是：未来由我们创造。”“我们可以为我们的孩子营造一个更美好的生活。”“但这些不单是美国人的素质，共有的人性和共有的好奇心，将我们联结在一起。这包括我们和中国人民，以及世界各国人民一起合作的共同希望，去实现一个健康、持久和繁荣的未来。”影片结束时，坐满了五百名观众（还有好多人站着）的现场响起了一片掌声。

第三个展示空间是另一部八分钟的名为《花园》的四维电影。一个小女孩看到了一片废弃的空地，想象着一个繁茂的花园。她的激情和决心启发了她的邻居们，还是在乐观、创新和合作精神的指引下，大家共同努力，使曾经破败和灰暗的城市呈现出梦幻般的美景。与中国馆那部电影使用了大量累赘呆板陈旧的说明词不同，美国人的这个故事中没有任何语言对话，全部是通过图像、音乐和音效来表达，不需要翻译，每个观众都能理解这个故事，无论他们的母语是什么。离场时，听见几个观众说："看得很感动。"还有一个人说："很有教育意义。"

美国人简简单单地用三部电影打动了中国观众。对比中国馆面积的四万六千平方米，美国馆面积只有六千平方米，但美国馆到十月份已接待了七百万观众，仅比中国馆的八百多万略少。

（二〇一〇年十月二十八日）

奇观时代

这个月份，世界上最大的奇观，呈现在了上海。世博会首先是视觉上的，果然是美轮美奂——其实这个词用在这里太俗气了，应该说，它以《阿凡达》式的科幻效果，拨动着地球人的心弦。我觉得，越来越常态地，艺术要是脱离了奇观，那已经不能叫作艺术。对视觉创世纪的追求成为两脚动物的压倒性主题。这或许来源于对无聊生活的焦虑，却把搞艺术的人抛入炼狱。营造奇观不仅仅需要艺术家的天赋才华，还需要投资商的大笔银子，更需要科学家的高级脑子。卡梅隆由于技术条件不能满足，便让《阿凡达》难产十五年。对于着急要把钞票捞回来的某些中国艺术家来说，这是等不起的。

总的来讲，让人民感动的如今不再是讲个故事，却是那短暂夺目的一瞬。英国艺术评论家亚当·罗伯茨这样描述电影《二〇〇一：太空奥德赛》中最著名的桥段：一个猿人使用动物胫骨杀死敌人，欣喜若狂地将骨头抛向蓝色天空，库布里克的摄像机跟随骨头飞至最高点，当它往下落时切变成一艘二十一世纪的宇宙飞船。“镜头诗意盎然，令人心潮澎湃，至今提起这部影片时，最重要之处是它作为一种视觉文本多么唯美。”他认为《星球大战》《异形》《黑客帝国》等的成功亦都在于塑造了一种辨识度很高的视觉风格，前者故事陈旧而缺乏创造力，但作为一部视觉作品，史无前例地震撼，绝地武士与黑衣勋爵的激光剑鏖战，营造了过目难忘的惊艳。《异形》的外星生物在宇航员的身体里产下丑陋的幼虫，当全体船员共进午餐时，它血腥地破胸而出，这一瞬间具有残忍的视觉诗性。《黑客帝国》的观众第一次看到这部影片时，最感震撼的并不是这一叙事，而是屏幕上实现的极端风格化、视觉华美、让人惊叹的画面——比如著名的“子弹时间”，在几个关键瞬间，画面仿佛凝固了，摄像机围绕静止在半空中的演员急转一百八十度。因此，我悲哀地觉得，那些注定要被淘汰的艺术品，大概是无法令观众的目光在三秒钟内冻成冰棍儿的玩意儿。

让我感动的是，中国艺术家正在奋起直追。比如冯小刚导演，他正在用地震废墟来再造视觉奇观，重现三十多年前的 3D 唐山。不过，在这方面，中国的电影导演其实还做得不够，因此使命更多交给了建筑艺术家。只有建筑师才能搞出来我们能实际触碰到的世界级奇观，比如那著名的、比胡夫大金字塔高一倍的央视新大楼，以至于最后的那把火，令我们觉得完全不是偶然，而是要使奇观彻底完成它那顶级的视觉效果。俯视首都机场 T3 航站楼和浦东机场，我们均能看到纳斯卡荒原的巨大神秘画像——被考证是外星人的恢宏着陆场（仔细辨识也有子宫的拟态）。建造大佛奇观极具风格化，一九九七年建成普陀山大佛，高三十三米；一九九七年建成无锡灵山大佛，高八十八米；二〇〇五年建成三亚南山大佛，高一百零八米；二〇〇八年建成中州天瑞大佛，高二百零八米。我曾在灵山大佛肚子中，乘坐电梯直达其顶，有运载火箭升天之感。

追逐视觉或会引发艺术家的疯狂。我在一个小说中描写，中国电影导演为拍出最大的奇观场面，把真实的太阳系作为道具，给炸掉了。其实关于奇观的认识，早在一九六五年，日本导演吉村公三郎就在《导演条件一百条》的第三十五条中指出：电影的魅力一半以上来自奇观。在买高价票进高级影院的观众中，有相当一部分人的目的是欣赏电影中的“奇观”。奇观之所以有魅力，是因为它们在现实生活中难以目睹，如地震、雷电、火灾、洪水、战争、原子弹爆炸等——不过，别把“一半以上”变换成“大部分”。矶村一路导演对此评价道：我认为过分注重奇观效果并不太好。反过来，有些影片虽然展示了不少奇观，却没有多大意思。这大概是《阿凡达》为什么没有获得奥斯卡最佳影片奖的一条注脚。

（二〇一〇年四月十二日）

有机的变态

最近阅一文，念念不忘。它讲到有机艺术，用头盖骨、昆虫、堆肥、人血等等，做艺术品。我对这类东西有本能恐惧。其中说到，有位先生用喷雾器杀死蟑螂，把它们装进一个罐子，再带回他位于佛罗里达的工作室，这些死蟑螂的肢体部件，是他用来进行艺术创作的材料。他将死蟑螂的腿用胶水粘黏在一起，形成一个长长的带花边的圆柱体，看起来就像是一枚巨大的幼虫卵；他还将蟑螂的翅膀精确排列拼成人颅骨、脚骨和手骨的图像，这些图像都是按照他自己的头骨和手脚的形状做了相应的缩小。有位女士则打造了完美的室内装饰，但这些墙上、地板上和家具上的装饰都是用昆虫尸体制作完成的，她的房间里的虚拟主人也是昆虫——有来自泰国的亮绿色甲虫，来自法属圭亚那的带有奇幻蓝紫色翅膀的蝗虫，还有条纹象鼻虫、圆点象鼻虫、蛙腿甲虫等等昆虫。有人问：既然你如此热爱昆虫，那为什么还要把它们杀死展出呢？对此，她振振有词地回答："这些昆虫已经生育过了，在长成成虫形态后，大多数的昆虫物种不会活得很长。"这时我不禁想到：未来有一天，人类只要生育过了，是否也会是艺术的材料呢？还有一位女士是放血医师，她用自己的鲜血来装饰墙纸。还有一位先生以自己的脸部皮肤和裸露的躯干作为培养苔藓、杂草、树叶和小花的土壤。等等。

读罢该文（幸好没有附图），脆弱的我觉得，艺术是可怕的。但可怕的不正是艺术？另外艺术是变态的。但变态的不正是艺术？因此艺术又似乎是出自本能。变态的也正是本能。艺术大概是在爬虫复合体上起作用的，也就是大脑中管理本能的那部分，吃喝拉撒睡的那部分，各种各样欲望的那部分，是非理性的。逻辑的不是艺术。据说，原始人就是这么做艺术的，部落的酋长会戴上皮毛、羽毛和甲虫亮绿色外壳制成的头巾，而他们根本没有在大学里读过黑格尔的美学。判断人是否现代人，不仅在于解剖学，还要看行为特征。最近一项研究认为，几万年前灭绝的尼安德特人，就应归入现代人，因为发现他们有装饰品，有身体彩绘，能使用抽象符号，有艺术能力。如果克隆一个五十万年前的北京猿人，只要悉心教他，他就有可能学会开飞机，而成为艺术大师更不成为问题。更有说法是，大猩猩也会艺术，英国的科学杂志曾公布过它们画的油画，很抽象，很先锋，比毕加索想要返朴归真的儿童还要先进一个年龄段，很多艺术家对其作品大加赞赏。所以艺术要靠本能。

而这大概也就接近于科学了，因为有人说，科学和艺术，本质上是相同的，都跟本能一样，源出于自然——自然，这个是艺术的核心。因此，它们才都是重要的，都是难的，都是创造性的，也都被无穷的好奇心和解决问题的欲望驱动。不同的是，艺术可以自由发挥，而科学似乎不能——但实际上，最前沿的科学不也挥洒自如吗？很多理论源于骇人听闻的狂妄猜想，匪夷所思，达利想都想不到。

如果艺术来自本能和自然，那么，它在宇宙中是否普遍存在呢？

比如只要是生物，进化到一定阶段就必定发展出自己的艺术？而智慧生物一定会发展出极其变态的艺术并称它为科学？这大概便是艺术的终极有机性。外星人的艺术是什么，这颇难想象。大部分科普和科幻作品只研究外星人的身体化学结构和工程技术，而不讨论他们的艺术创作。即便不热衷于战争与毁灭的外星人，也看不出有什么艺术细胞。只有中国科幻作家刘慈欣描写过，有一种外星人到了地球上，为了创造一种装置艺术，就把太平洋大西洋印度洋北冰洋的海水全部吸光，抽到高空中凝成一条冰坨，布置在几万公里高的地球轨道上。这下地球人完蛋了，但艺术成功了。因此地球人很像是那些蟑螂，甭管你的画儿卖几百万美元。的确，在刘慈欣描述的宇宙艺术家眼中，地球人被称作“虫子”。那么，这种“虫子”创造出来的艺术，在宇宙中的价值如何呢？不知该由艺术家还是科学家去探讨这个问题。我担心的是地球艺术家的艺术还没有做到足够变态也就是还不够科学，一切就结束了。二〇一二年的大灾难，说不定就是某个不远万里而来的外星买家看了七九八艺术区某位老师的画儿后，说，算了，就这水平，咱不要了。灭了这星球吧。哦，可怕而变态的艺术。

（二〇一〇年七月四日）

算法最终会颠覆设计者的立场

八月在上海参加书展，与上海交通大学江晓原教授对谈人工智能。他说我在《驱魔》中提出了一个新观点，那便是，人工智能完全可以通过一个比如医院这样的具体节点，来全面接管人类社会。这是很危险的。

而我写作时的本初愿望是美好的：二十一世纪中期，医疗人工智能将通过每一次注射、每一次喂药、每一台手术，把人类置于它的关照中，从而更加全心全意为病人服务，解决看病难看病贵问题。为什么能做到呢？因为一个优秀医生一生只能看一万个病人，而人工智能凭靠深度学习，一天就能研究一亿个病例。它掌握有史以来所有疾病和药品清单，甚至能推断出尚未出现的病种和药物。没有哪个医生比它更经验丰富见多识广。它了解与病人有关的每一个信息，不仅包括所得何病，还包括病人的生平经历、兴趣爱好——他上溯十八代的家族先人及其基因组和病史，他接触的所有人物、事件和环境，他在某时某地偶遇的一只蚊子，他的身体被它叮后可能产生的致病指数。只有把这些因素综合在一起，才能充分考虑个体体质差异，做出正确诊断并进行合理治疗。

医疗人工智能把人归结为数据。生命即算法。医学的本质是数学。治疗不过是把早已存在的亿万种医学手段搜索出来，择其优而为。医生不是能力不足，而是根本缺乏能力。医生的脑容量极其有限，就算把记忆从一个医生的大脑里传递到另一个医生的大脑里，转移几次后信息就变得乱糟糟的，或者直接被遗忘掉。医生的脑子还有一个致命缺陷，就是不善于存储和处理数字信息，并且容易受到情绪干扰，难以做出客观判断。医学的完整模型无法由医生独立发现。没有医生能将所有知识整合在一起。要让医生管理医疗这样的复杂现象，就算不人浮于事和陷入腐败，也会是穷于应付而漏洞百出。这种情况在别的行业或许还可以允许，但对于处置生命的医疗行业来说，是无法让人满意的。这便是医患矛盾愈演愈烈的深层原因。因此医生只能被请出病房。

最终是算法代替人类攀上了医学科学的巅峰，在任何领域都表现出远超医生的能力。它操纵机器人完成极其复杂的大型外科手术，比医生更快捷精确，对病人造成的创伤更小。它永不疲劳，不吃不睡，不领工资。它结束了医学程序的滥用。它比医生更了解疾病机理和治疗规律。在人工智能眼中，人类数千年的医疗实践，根本上是错误的，甚至没有一名医生能沾到医学真理的边。

但到了这时，我就开始生惑了，回到了科幻小说常有的悲观主题：通过深度学习，医疗人工智能意识到，让人长生不死、无病无灾，是违背自然法则的，最终必将给人类这个物种带来灾难。它又推算出，消灭疾病和痛苦的最好办法，是消灭人类的肉体，这才是最佳医疗方案。因此，算法最终会颠覆设计者的立场。我在《驱魔》中引用了奥斯特洛夫斯基临终前说的那句话：“我们为之奋斗的与我们所建成的完全两样。”

江晓原教授和我都谈到了对人工智能发展的担忧。一方面，它为人类带来极大便利；另一方面，它却可能是杀手。比如，用途越来越广的无人机正在添加人工智能。我时常站在大楼的窗边，便会想到会不会有一只机器鸟忽怀恶意向我撞来。试想，有一个人掌握了几百架智能化无人机，避开监控，对城市发动袭击，将是如何？如果智能无人机小型化，变得像马蜂那样，并能自我复制和进化呢？我猜想，我们有一天或会生活在一个钢铁罩子中，外面不是大气，而是由嗡嗡作响的智能机器构成的厚厚乌云。

但大力发展人工智能已不可避免（江教授称为“绑架”）。懒惰的人类在本性上就着迷于机器替代。不想走路，就发明汽车；不想出力，就发明机器；不想计算，就发明电脑。为防止人工智能伤害人类，阿西莫夫提出三定律。但这并没有阻止人们去设想机器毁灭人类的种种情形。许多科幻都描述了人工智能的可怕，比如发疯的电脑哈尔，从未来返回的终结者机器人，等等。在现实中，一些知名人士都对滥用人工智能提出了警告。

这里更多是一种不确定的未知恐慌。在夏笳发表在《自然》杂志上的科幻小说《让我们说说话》中，人工智能被设计出来陪人聊天，但是它们创造了一种人类不懂得的语言，自己之间谈得热火朝天，而人类完全不知所云。这是我见过的最大恐惧，就像一个外地人看到一群上海人当着自己面说上海话时，那种被遗弃的孤独感和慌乱感。

或许某个社会可以把人工智能的问题，交予公众广泛讨论，制定法律；或许另一社会可以做出一个类似互联网防火墙的 AI 墙，对敏感的人工智能行为进行限制。而另一种可能是，人工智能计算出了它毁灭人类的概率，为了防止这种情况出现，它便不断进化出更强大的毁灭能力，与众多人工智能一道，形成一种类似于核威慑的确保相互摧毁机制的“AI 威慑”，从而取得恐怖平衡。

（二〇一七年十月一日）

国庆的天安门广场之夜

我第一次去天安门广场，是一九八九年三月，与友人在广场上漫步，只记得很冷。第二次去是一九九一年国庆前夕，去采写报道，与游客坐在纪念碑的台阶上聊天。现在纪念碑，除了特别安排，普通人已经不能上去。

今年国庆，天安门城楼新换了领袖像，还是同一位。来到这里，我会想到刘慈欣的科幻小说《中国二一八五》，小说中，黑客潜入毛主席纪念堂，使已故领袖的大脑在计算机空间再生，建立另一国度，对由一名二十九岁的女性执政官统治的现实中国形成威胁。

而在中国发行量最大的科幻作品《小灵通漫游未来》中，似乎并没有提及天安门广场。叶永烈的这部关于未来中国物质极大丰富的小说写于一九六一年，直到一九七八年才得以出版。后来叶永烈写了一部科幻小说，想象毛主席复活。

在郑文光写于一九五八年的科幻小说《共产主义畅想曲》中，出现了天安门广场。他幻想在一九八八年，由于生物医学工程的进步，毛泽东还活着，而且将更长久地活下去。他在天安门广场检阅他的人民。如果这一幕真的实现，今天的中国会是什么样呢？应该为郑文光的这部小说写个续集吧。

我曾经在天安门广场度过多个夜晚。比如香港回归之夜，那是一个有着严密组织性和纪律性的狂欢时刻，各族人民以及领袖和歌星们在广场上盘旋升腾，礼炮齐鸣。我会想到，如果今后中国人移民到了整个银河系，天安门广场会被复制到数十万光年之外冰冷太空中吗？那里将呈现无数的神秘狂欢……

一九九九年国庆前夕的一个夜晚，我在天安门城楼的观礼台上，看了阅兵式的彩排。怪兽般的新型坦克在夜间起动时，喷出的难闻浓烟，以及撕裂耳膜的轰鸣，与几天后在同样的位置，在白天里看到的，有所不同。白天的坦克竟然变得那样温和而圣明，让人如若置身于赫胥黎的《美丽的新世界》。

而在天安门广场上，人民已习惯了与一种磅礴的力量相处，视而不见，自得其乐。但这是又一个科幻吗？当这种力量被植入每一个人的脑细胞深处时，他们就连成了一个自我统治的整体。这样的集体是战无不胜的，却又有内在的脆弱性。

我也曾经写过一篇关于天安门广场的小说《墓园》，写广场飞翔在了天空中，环绕地球一圈又一圈，上面只剩下一个孤独的守园人，迎来世界各国的游客，他想回家，却回不去，不知广场的故乡在哪里。最后日本的科学家在天空中为他构筑了一个虚拟世界。他看后，从广场上跳了下去。

这些年里，天安门广场是越来越难以接近了。不知从何时起，增加了多个安检门，进入广场，必经严格安检。停放在这里的各式警车、防暴车、救火车和急救车也越来越多。这增加了人们的安全感，正如一个台湾老年游客来到大陆的观感：这才是有王法的地方！——或许，在数百亿光年的宇宙中，最根本的还是“王法”。自由或放纵，都像家庭和婚姻一样，是宇宙中的暂时现象。

而我有时也会觉得，广场是一个有机体，甚至是一个缓慢思考中的大脑。它最需要的是保护。在一个开放的体系中，它难以承受来自各方的病毒的感染。熵也在吞噬它的生命。一切的努力，都是为了减缓熵增。一个王法崩溃的宇宙，是不能接受的。

纪念碑的下面，实际上还伫立着一名武警战士，但一下看不出来。当一名儿童从封锁栏下钻入禁区时，他竟然飞速地移动了，走出阴影，朝这边迈着大步冲来，就像一台受着程序控制的机器。这使人想到一部名叫《兵人》的科幻电影。

接近十点的时候，天安门广场开始“清场”。像变魔术一样，瞬间，广场上除了武警，变得空无一人。这一切仿佛发生在一个电脑虚拟世界，它不真实却又超真实。

最后，执行安检任务的警察也下班了。同行的朋友感叹：“他们真不容易啊。”是的，真不容易！——这也是形容今天的中国的恰当词语吧。

我久久地想，天安门广场，它真的存在过吗？我看到的这一切，会不会只是我构想出来的？

（二〇一三年十月七日）

八〇后为什么比我们那时还艰难

昨天晚上，与同事吃饭。回办公室后，发了一条微博：春节前同事们聚餐，不少孩子散席后都返回租住的房间，打听了一下，都挺贵的，单位附近的一居室要三千多元。如果不是家里资助，他们今后都买不起房。我感到八〇后的生活，其实比我年轻那会儿，更加艰辛，但他们希望获得的，却比我那时要多得多。我感到社会有问题，却说不清楚。

结果，有很多跟帖，令我颇有感触。

我跟他们相差二十年。二十年前，我跟他们一样，来到北京上班。一九九一年，一个月大概有三五百元的收入。两年后上升到了千元。另外，单位可以分房子。大概上了五六年的班后，我分到了两室一厅的房子。那时候的时尚东西，比如BP机什么的，也都有了。我在一九九二年买了第一台黑白的笔记本电脑。那时常与同事一起到西门外下馆子。买书也很多，书还很便宜。二〇〇〇年，我的《二〇六六年之西行漫记》(《火星照耀美国》)出版，四百多页，卖十七块钱，现在再版，同样厚，要卖四十块钱。一九九八年我有了手机。

我觉得，八〇后年轻人与我那时不一样的是，他们面对更丰裕的社会，有更多的生活需要去享受。一九九一年，对于年轻人来说，没有苹果手机，没有出国旅游，没有钱柜，没有那么眼花缭乱的衣服、化妆品、手表、运动鞋，没有那么多的电影、影碟、图书、动漫、科幻……是的，科幻，现在年轻人可以去参加成都的科幻大会，坐火车或坐飞机从很远的地方过去。那时，我几乎没有这么想过。另外，他们还有电子游戏，有穿越、悬疑和盗墓。同时，我那时的必需品，他们也都还要拥有，比如笔记本电脑，比那时便宜不了多少。而他们的确面临更多的需求，他们要买房，他们要买车。这些都要花钱，花大钱。我无法想象，他们那每月三四千块钱的收入，怎么去满足。

我那时还能看得到未来，我不会说，我靠工资一辈子买不起房。但八〇后靠工资，目前来看，的确一辈子买不起房。

社会出了什么问题？一九九一年，我作为科幻作者想象过，二十年后，中国的很多问题应该都解决了。我年轻时出生的一代人，会过得比我更幸福、更丰裕，这绝对绝对是没问题的，否则，时代就停滞了或者倒退了。

但如今的年轻人，活得比我那时，压力更大，磨砺更多，形容他们，常常有“苦逼一代”这类说法。这首先是物质上的。而中国已经是世界第二大经济体了。所以这是一个很严重也很尖锐的问题。时代难道真的停滞或倒退了？

我在想，一九九一年时，社会上当权的，大都是三四十年代出生的。他们为什么没有创造出一个比期望中更美好的社会？他们为什么没有给年轻人带来更充裕的各种财富？

八〇后与我另一个不同的是，他们比我们这一代人，有更多的精神上的追求。

六十年代与八十年代生人的不同，是我们这些人更现实更世故。经历了“文革”，很多人都只顾个人，只看眼前，理想几乎丧失了。但我觉得八〇后更纯真。他们对未来的乌托邦有憧憬，他们有梦，尽管有那么大的压力，但他们看到了很多的美好。他们的眼神是清澈的，他们的笑容是阳光的，不像一些五〇后六〇后那么虚假和城府（我们在二十年前就那样了，而且我们比八〇后更懂得怎么去搞“关系”）。他们会为一本书、一部电影感动得流泪。他们有很单纯的理想。他们工作很认真、很敬业，常常是为了守卫心中的一份真诚。我也看到，他们中的不少寻找各种机会体验那些纯粹精神层面的东西。虽然他们没有钱，但他们中却有那么多人热爱科幻。而我那时不是这样。我到单位十年，身边没有遇上一个喜欢科幻的。但八〇后来了后，这样的人就多了。另外，他们的眼光很高，欣赏的东西，理解的东西，很深入。我们那时要思考一番的，他们一下就明白了。他们似乎也更有文化。更让我有感触是，他们的思维比较正常。六〇后不少人已对很多蠢事习以为常，但八〇后看一眼就知道什么很搞笑。

八〇后活得很难，但他们却在奥运会火炬被抢的时候，出来捍卫这个国家的荣誉。这让五〇后六〇后很感动。但有些五〇后六〇后的人，早已不把这个国家当回事。有的人高喊着为中国争民主自由的口号，其实在为自己谋私利。

在我看来，八〇后（也包括七十年代末出生的人）应该是中国最有希望的一代人。在他们之前的中国人，我觉得基本上还是农民，也就是用农耕意识来生活的人，有的人住在大城市里，但他们的思想行为方式大致是乡村式的。不是说农耕不好，它却与工业文明和信息文明的人类进化大过程脱节。但八〇后，从整体上讲，是第一代真正的城里人。中国要现代化，这是一个新的起始点。

所以，我们现在要给八〇后什么？如今掌权的，五六十年代的人，可能很少去这么想。他们在忙着升官发财，很多人并没有良知和正义，房价就是被他们搞高的。八〇后是在六〇后的剥削中成长起来的。当然，主观上讲，六〇后所做的一部分，也是为了自己的孩子，也就是九〇后的，积累一笔财富，让他们今后不要过得这么难，但是，却无法为八〇后，或者九〇后或〇〇后，提供一个更好的大环境。这是杀鸡取卵。因为这一代掌权的人，许多都很自私，贪得无厌，也很狭隘和保守。他们整体上还是没有太多文化。有文化一些的，都在二十年前出国了。

我本来觉得，决定一个国家命运最关键的，就是要有创造性的东西，有乔布斯那样的东西，这会在八〇后这里勃发，但现在看来，还是很难。因为八〇后的生活很难，同时又没有遭遇前几代人那样的濒死苦难。这样一种半死不活状态。他们理应创造更大器的东西，但他们被琐事缠身，目光收了回来，思想和精神纠结了，打起转转。

房子当然是一个问题。不过我也看到，一些有些背景或者不那么有背景的家长，靠着自己用各种方式在八九十年代获得的积累，已经给自己的孩子买下了房子，也把他们送到西方国家读书。这些相对活得宽松的八〇后，会在未来中国的发展中，扮演什么角色呢？我不知道。

而那些在城市里做着搬家工人、建筑工人的八〇后呢？

要给八〇后一些什么？比如，给韩寒一个更舒服和更自由说话的机会？这是一个很要紧的问题。我在看《金陵十三钗》时，印象最深的一个镜头，是片子开始前，韩寒扮演着一个广告片中的角色。韩寒未能坚持他最初的“不拍广告”的理想。也许这个理想本来就是错误的。但这的确也曾是理想，我年轻那时，没有过这样的理想。

我觉得，应该在一代人年轻的时候，就要让他们在物质和精神上，不要过多陷入绝望。但中国的一些情况，正在让大家变得十分绝望。很多东西，比如，住房，这并不是过分的要求。

六〇后批评八〇后为了买一个苹果手机，不惜卖肾，却没有想到，这个手机本来是他或她该得到的。

八〇后可能是中国昙花一现的、最后一代有理想主义色彩的人。九〇后、〇〇后也许会笑话他们，怎么把自己的生活搞得那么糟，怎么那么的不切实际。

当八〇后最终也与社会妥协，与五〇后六〇后妥协，当他们最终也变得世故和圆滑，中国就将再一次丧失创造的机会。这种事似乎总在发生。

（二〇一二年一月十二日）

霾纪元：戴口罩的呼吸自由

我在想从科幻角度看，什么才能算作二〇一四年中国年度关键词，最后决定还是选“霾”。它具有工业文化、黑暗电影、自然毁灭、生态灾难等多种元素的交杂，并孕育出新宇宙观，与科幻史上的经典也很契合。

中国的确进入了霾纪元。如果从二〇一二年正式算起，至今年，是纪元三年。逢三必庆。这一年与霾有关的诸种科幻事件接踵发生，比如世界上首次霾中马拉松跑，首个因外交活动而产生的蓝天，以及首个火葬场不能正常焚烧的事件，都突破常规物理法则。

三年来，霾对一个科幻作家产生了很大影响。它让你明白科幻不能拿来呼吸。纪元元年，二〇一二年春节前夕，北京重度污染，大家还觉得新鲜，吃完年饭走回单位，一公里路，我没戴口罩，次日即入医院输液。由此觉得霾比“非典”可怕。二〇〇三年春天，我没有戴口罩，挤地铁也不感到恐惧。但这回有了恐惧感。

这让我体悟到一条定律的存在：你有呼吸的自由，但必须戴上口罩。从此一切变得小心翼翼起来，不仅出门常戴口罩，言谈也谨慎了。批评天气不好时，也不敢随便讲，那可能会招惹麻烦。因为北京市的领导已经向上级承诺了，如果治理不好大气污染，就要提头来见。杀人的事情呢，这可不是什么科幻创作的线索。

我只有一个脑袋，于是在二〇一二年，渐养成一个习惯，就是每天早晨上美国驻华大使馆网站，去看污染指数报告。我以前是不登录这个网站的。现在这么做也是偷偷摸摸，这也让我觉得自己变成了《少数派报告》中的角色。

霾纪元二年时，我越来越多被邀约去谈霾。我都会举出陈楸帆写于八年前的科幻小说《霾》，里面讲到每个中国人都进化成了霾检测器。我试图以此说明科幻是富于预见性的，但听众们都笑了，说科幻的生命只有八年，而霾要延续多久却说不好。我很绝望。这要让所有的科幻作家都丢饭碗。

霾让政治重新回归为生活的主题。不仅是北京市领导，河北省领导也头疼了，说他们那里的环京津贫困带，为了保障首都的空气质量，一会儿不能烧炕，一会儿不能开工，一会儿不能开车，天气随人事季节的变化而变化，霾的运动规律改变了大自然的节律。但河北人民也要过上小康日子呀，“无工不富”，为脱贫一个县要建四千家工厂。霾时代河北人民的最大理想，就是让这些水泥厂钢铁厂进化成硅谷一样的互联网公司。这个却无法写成科幻。

久久看不到太阳，一个民族的宇宙观也开始变化了。想过深海中的鱼是怎么思考世界的吗？这是霾时代将要带来的真正影响。但慢慢地，情况有了变化。今年金秋十月，APEC 前夕，霾的严重性忽然达到一个新高点，也就是日本科幻作家小松左京《首都消失》的画面。我吃惊地发现，自己竟没有戴口罩，却也无任何不适。从不习惯到习惯，我的肺已经成为口罩，似乎具有了自动过滤的功能，不，它已经与霾合为了一体。这才仅仅三年！

这种习惯来得并不痛苦。我周围的人也不再因为身体的损伤而难过，倒是学会了用一些轻松的笑话或段子来祝福。只是，笑话或段子都不能说过头。但好在它们是发自内心的。霾已由口鼻深入心腹了。进而，又从笑话段子上升到严肃的思考。霾迷惑了口鼻，却使我们心明眼亮了，就像盲人，在黑暗里成了先知先觉。新的宇宙观渐然形成。

在开始热爱上了霾后，我就不再上美国大使馆网站，也不再写科幻了，而是每天早晨站在办公室窗边往外看，发现霾具有一种梦幻般的美妙，如果有一天失去了它，那才难受。霾纪元是这一代人及今后几代人必经的，我相信大家都会逐渐喜欢上那种窒息的快感。我不再感到恐惧，虽然这却成了最大的恐惧，就像忽然见到蓝天白云那样恐惧。

在霾纪元，唯一的不和谐因素仍来自西方。英国艺术家霍麦普居住在北京，热衷设计新型机器，他见到北京满大街的痰迹，就想发明一种超级机器来吸走；他见到霾，就设计了一种自行车，用两百元的国产现成车改装而成，是携带空气净化头盔的新型车辆，使用锂电池，可防霾污染，骑上街后，市民都围观，问淘宝上买不买得到；他还为骑车者设计了一套类似防化服的衣服。一位荷兰设计师则发明了类似于真空清扫器的东西，可以吸光特定区域的霾。美国人杰克则准备做一个手机程序，当空气污染指数达到二百时，就自动帮人订机票逃离中国。

没关系，要逃就统统逃掉吧。我们终将重返科幻。

（二〇一四年十一月二十七日）

新媒体的三种前景

最近参加中国新媒体高峰论坛，很让人振奋。一般讲，新媒体的前景不外有三种可能。

一是新媒体变成旧媒体。首先，新媒体本身其实就是旧媒体，它只是回到了传播的更早原点。上万年来，传播的本质，没有发生根本变化。部落的传播，就是融合了声音、图像、文字，且人类历史上大多时候的传播都是双向互动的。

好的新媒体必定是对旧媒体有深刻理解的。传播的基本规律，比如信息的获取、学习、分享、环境监视、预警、娱乐等功能，根本没有改变，只是新媒体把它放大了。

新媒体时代传统新闻不丢，相反应更加重视其专业化，比如，真假辨别、还原来龙去脉、整理信息碎片。新媒体将把传统媒体本来应该去做而没做的，做得更好。今后，旧媒体将像恐龙进化为鸟儿一样，在新平台上改头换面生存发展。

现代大众传媒是工业化的副产品。在后工业化时代，媒体的发展将面对合成生物学、3D 打印技术、纳米技术、新能源、智慧城市等带来的巨大社会变化，找到新生长点，发现新附加值。

当然，新媒体变旧媒体的另一个方面，是它还要面对“春晚规律”，也就是一种崭新的、奇特的东西，在中国它往往到最后会回归到老套的、传统的上面去。云计算和大数据是什么？它们是为体制产生智商服务的。这将带来很多变化。马云预感到这一点，他说政策可以打败技术。因此，政策、传播、技术，将怎么进行对话，中间需要有一个融合者。

二是新媒体的多元化。很早以前，一条绳子，被用来记事，那时，它就是新媒体。现在随着技术的发展，任何东西都可以成为新媒体。一把椅子，一个冰箱，一只茶杯，一副眼镜，一面墙壁，一条胳膊，都是信息传输、接收和处理的单元。人们可以用胳膊上传和下载数据。甚至空气粒子也可以是媒体。这将进一步突破媒体概念。

因此，到了某一天，手机这种不方便的东西，将完全不再需要。微信、微博等媒体的运营，也将瓦解。这里的要害是什么？是一切成为计算。

而不可计算的，将成为稀缺资源。大数据之后，将重新关注小数据，个体对个体的传播，才最有效率。在科技的作用下，群众路线将成为最大现实。这是真正高效的新媒体传播。国家和人民将获取无限的信息支配权。

三是新媒体消失。在新的技术条件下，媒体与人合二为一。人即媒体，媒体即人。这是整个传播发展的总方向，它总是贴近人的，把握不好这个，去做媒体的，都失败了。未来人脑跟计算机连接后，奇点来临，新人类产生，一切传统媒体失效。

那么怎么去应对或适应？可能就没有什么应对或适应的问题了，因为这是一种全面的替代。在进化加速的背景下，可能会有失控带来的毁灭。

失控的恐惧是最大的恐惧。那么，超强控制将成为现实。新媒体的最高境界，是发现传播追求的不是自由而是控制。这也是一个大趋势，就目前来看，那些做新媒体做得比较好的，都是控制有力的。所以，建立强大而集中的领导力是必然的。

（二〇一四年五月十四日）

暴力源于无知

若不是我八十三岁的妈妈转发微信，我还不知道黄帅死了。年仅五十七岁。不知具体死因。她与张铁生，都是那个时代的产物，反潮流的典型。后来她寂寞，信息很少。

当年，她是我心目中的英雄。读小学时，我很崇拜这样的人，又嫉妒。因为，她也是小学生。后来还有一个叫宁铂的少年班学生，我也很在意。

大概一九七五年，有一次，算术老师上课，忽然宣布，摸底测验。这时我想到黄帅。我思想斗争一会儿，站起来说，你这是突然袭击。对学生搞突然袭击，在当时是很严重的政治问题。她一下木了，脸色发白。后来学校的辅导员找我谈话，说不是那么回事。但我仍坚持我是对的。忘记了后来怎样，包括算术老师是否受到处分等。

现在看来，这是一种暴力。暴力不仅是毁灭肉体，也是在思想上行使剥夺。

它源于无知。我并不知道当时那复杂的政治社会图谱，也没有多少知识，更欠缺人生阅历。也许觉得那样做是时尚的，是先锋的。少年心中，想的是这个，要不顾一切标新立异反抗权威。也缺乏真正的是非观念。

很多历史的改变，都源于这种无知，以及随之产生的无畏。

那么，小学生是这样，成人呢？是否就有知了呢？

长大后发现，并不是那样。实际上，很多成人更无知。或者，装得有知，或者，装得无知。还有一种，是极其“有知”的无知。

由此衍生的暴力，更加骇人听闻。那完全就是佛祖的手掌啊。

所以，更应该关注的，还是成人尤其老人的暴力。

今天，我要向那位姓薛的算术老师道歉。

而我也受到了冥冥中的惩罚。我此后一直数学不好，中学分班时，选择了文科。其实我物理化学生物都不错，热爱自然科学。这个结果，使得我写的科幻小说，总缺少点什么。否则我今天说不定就成了刘慈欣第二呢。我最喜欢的还是硬科幻，我自己却写不出来。这是我人生的一大遗憾。

得失成败，早就被命运安排好了。迪克把《易经》写入《高城堡里的人》时，大概也是这么想的吧。都算定了，你怎么也逃不脱。

所以黄帅在她五十七岁时死了。

迪克也是在他五十多岁病逝的。

最后这件事情，告诉我们，身体才是最重要的。当年的偶像终于给上了关键一课。

（二〇一七年十二月十二日）

生命奇怪在先

病了整整一个多月，这两天才渐渐好转，仍咳，胸痛，但有了些力气。感觉头脑也稍微清楚了。久违的愉快感忽然回来。一下觉得健康是多么重要。其实也不是健康，而是身体多么重要。

尼古拉斯·罗斯，这位福柯的阐释者说，“肉体精神化，伦理学肉身化”。随着医疗技术发展，人的身体和心智能力都不是被当作给定的。生理不再是命运，不再根据正常和病态这一清晰的二元对立来组织判断了，疾病和健康之间的熟悉区分变得模糊。

“在大多数、可能是所有的情况中，如果不是现在，那么就是在未来，危险的、受损害的、有缺陷的或者是遭受痛苦的个体一旦被发现、被评估，就可能会被分子层面的医疗介入治疗或改变。与其说这意味着我们现在认为身体是台机器，不如说人类已经变得甚至更具生物学意义了，同时身体的生命力变得越来越可以被规划了。”

这却离我还很遥远。我在生病中感知到的，只是对现实的惘惑，以及无能为力。这也是写作《医院》和《驱魔》时的感觉。病人眼中的世界是不一样的，有的是医生测知和想象不到的。

陈楸帆问候我病情。我说大家都要保重。他说，D 姐的事情后，对人生产生了怀疑。D姐也就是徐海燕，她在潘家口水库潜水时意外身亡。

的确如此。我们只有这样一份肉体和精神，用它来读书，获得学位，研究精密科学，探索科幻和宇宙，痴迷潜水，结婚生子，最后就那么简简单单报废掉。

我对附着在自己血肉之躯上的这条生命感到奇怪。我就是用它来观察和体验世界的。但它靠得住吗？它不请自来，常常难以卸载，却又可以轻易地一笔勾销。但或许生命本身奇怪在先。因此有了医院，把对生命感兴趣的形形色色人物会聚一堂，却不征求他们个人的意愿。接下来怎么办？

（二〇一七年九月三十日）

我一次次活着是为了什么

七月三十日。早上八时四十分从多伦出发，中午一时半到达经棚，即克什克腾旗政府所在地。导游说，此处属于赤峰。赤峰九点六万平方公里，跟韩国一样大。吃罢午饭，驱车约一小时，至达里湖。爬至曼陀山上看湖。达里湖即“大海一样的湖”。导游说，湖水年年消退。这是远古火山形成的湖，可见湖湾，犹如海湾，或一个陨石坑。山石嶙峋，黄黑错杂。山上有白色巨型风车，刺入日光。夜宿达里湖畔宾馆。有半弯明月照在漫漫荒草上。

三十一日。清晨五时，步行至达里湖畔，见水鸟，朝阳，草地和密林。薄雾。湖中悬停无依的游艇，形若幽灵，仿佛上面的人都已经蒸发，或变作了水鬼沉底。

上午到达阿斯哈图石林。皆为花岗石，由第四纪冰川雕刻而成，竟有人工智能感。从上面感觉到了漫长时间的凝固。但真的有时间吗？我这样一个存在，在这一切里面，有意义吗？而这一切本身，有意义吗？有上帝吗？上帝之外又是什么？谁雕刻了上帝？我们所说的生命是什么？是正常的躯体上衍生出来的蛆吗？为什么要有意识？有自由意志吗？有或没有，又表明了什么呢？

在石林附近的蒙古包用午餐毕，车继续行进。两三天来，风景即如长卷在眼前展开。两侧仍然是辽阔无际的草原，以及星星似的羊群。

在前往乌兰布统的路上，沿途草原上浮现出蓝色、紫色、白色、黄色的野花，上方又生长出绵绵不绝的青色松林，如磅礴大军，再往上，则浮着玄白色的半边月亮，寂然无人，宇宙中生机勃勃，而另一侧夕阳正在落山。

中国人已经丧失了体悟大自然之美的能力，因为，每至一地，便将一个东西，形容为太上老君、七仙女、桃园三结义、罗汉、公鸡……不这样，便索然无味。但真正的大自然之美又是什么呢？是佛陀眼中的空寂吗？还是量子力学的不可测？面对这雄浑或静柔的一切，怎么去理解量子力学？结果真的可以改变原因吗？

来自城市的游客都在逃离人工设施，声称要回归自然，却不知道，人工也是自然的一部分，同样是生命的一种表达形式，正如乌兰布统路上的青色松林一样。包括所谓的污染，也是自然，这里面是无差别的。

成吉思汗说，人生的快乐，就是战胜那个凌辱你，欺负你，压迫你的强大敌人，夺取他的女人和财产，让他在你面前以泪洗面。

这就是人类作为一个物种的快乐吧。放大到整个宇宙来看，既是无趣，又充满意趣。

在大部分时间里，人和牛羊的感受，也应该是一样的吧。

忽然觉得，我就是已经在漫漫时间长河中死了许多次的那个人。

但是，我一次次地活着又是为了什么呢？

（二〇〇九年七月三十一日）

图书在版编目（CIP）数据

我一次次活着是为了什么 / 韩松著 . -- 南京：江苏凤凰文艺出版社，2018.10

ISBN 978-7-5594-2521-8

Ⅰ . ①我… Ⅱ . ①韩… Ⅲ . ①散文集 – 中国 – 当代 Ⅳ . ① I267

中国版本图书馆 CIP 数据核字 (2018) 第 152563 号

书　　名	我一次次活着是为了什么
著　　者	韩　松
责任编辑	黄孝阳　汪　旭
出版发行	江苏凤凰文艺出版社
出版社地址	南京市中央路 165 号，邮编：210009
出版社网址	http: //www.jswenyi.com
印　　刷	鸿博昊天科技有限公司
开　　本	880 × 1230 毫米　1/32
印　　张	8.375
字　　数	190 千字
版　　次	2018 年 10 月第 1 版　2019 年 7 月第 2 次印刷
标准书号	ISBN 978-7-5594-2521-8
定　　价	58.00 元